8h

Tolis

2A

COLLECTION MICHEL LÉVY

LES

FOLIES DU CŒUR

γ^2

MICHEL LÉVY FRÈRES, ÉDITEURS

OUVRAGES

DE

LA COMTESSE DASH

Format grand in-18

POISSY. — TYP. S. LEJAY ET CIE.

LES FOLIES
DU CŒUR

PAR

LA COMTESSE DASH

NOUVELLE ÉDITION

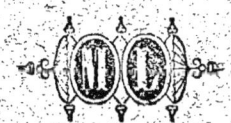

PARIS

MICHEL LÉVY FRÈRES, ÉDITEURS

RUE AUBER, 3, PLACE DE L'OPÉRA

LIBRAIRIE NOUVELLE

BOULEVARD DES ITALIENS, 15, AU COIN DE LA RUE DE GRAMMONT

1872

Droits de reproduction et de traduction réservés

FOLIES DU COEUR

MADEMOISELLE D'ÉPERNON

—

ÉTUDE HISTORIQUE

I

L'étude la plus agréable, selon moi, est celle de l'histoire, et la lecture la plus intéressante est celle des Mémoires. Nous autres femmes, en particulier, nous nous attachons surtout à la partie anecdotique des récits du passé, la politique et la guerre nous importent peu. Nous aimons à voir les personnages célèbres en déshabillé, nous aimons à connaître le

dessous des cartes des événements ; c'est, du reste, la
seule manière de les juger sans préventions.

Il est des figures effacées au premier plan, et que
des recherches approfondies peuvent mettre en re-
lief. Certaines existences ont toute la variété du roman, et l'on y peut trouver des enseignements pleins
de moralité, des peintures aussi amusantes que si
l'imagination seule les avait créées.

Une des époques fertiles en péripéties est celle de
la Fronde. Moins sérieuse, moins dramatique que
celle de la Ligue, elle est plus élégante, plus spi-
tuelle. Cette guerre de boudoirs et de rencontres ne
pouvait avoir lieu qu'en France et à cette époque.
Il n'est pas un autre pays réunissant les éléments
qui l'ont formée, et nous ne la recommencerions
certainement pas aujourd'hui.

Rien de plus étrange que ces deux partis :

L'un combattant avec le roi et son ministre contre
le Parlement et les princes, pour conserver un pouvoir dont chacun reconnaissait la justice et le bon
droit, pourvu qu'on eût aussi celui de le contre-car-
rer.

L'autre combattait la royauté, pour soutenir la
royauté elle-même, affichant la prétention de délivrer le roi, et lui livrant bataille dans cette intention.

Plusieurs fois les rôles de ces partis changèrent, et ils soutinrent à différentes reprises le contraire de ce qu'ils soutenaient auparavant.

Les individus changèrent bien davantage encore que les partis.

Tantôt on était mazarin; huit jours après, on était frondeur, suivant les intérêts et le caprice, souvent par camaraderie ou par commodité. Nous voyons dans une lettre de Bussy-Rabutin à madame de Sévigné cette phrase :

— « Ainsi, ma chère cousine, nous voici encore, comme l'année dernière, dans des partis opposés, bien que nous en ayons changé tous les deux. »

Ceci est facile à expliquer : un prince ou un grand seigneur, mécontent de la cause qu'il servait, ou plutôt mécontent de ses chefs, traitait avec les adversaires; il traitait en même temps pour tous ceux qui dépendaient de lui, il stipulait les avantages accordés à sa coterie, et veillait à leur exécution. C'était un chassé-croisé continuel.

Excepté à Paris, le peuple prit peu de part à ces combats; ils eurent pour champions la noblesse et l'armée, ou du moins ce qui en tenait lieu. Dans quelques villes, les municipalités s'en occupèrent, mais presque toujours au point de vue des intérêts locaux. On ouvrait ou on fermait les portes, sui-

vant la peur qu'inspiraient ceux qui y frappaient ;
souvent une faction venait d'en sortir, au moment
où l'autre y rentrait, ce qui faisait désirer avant tout
la neutralité, presque impossible à obtenir néanmoins.

L'originalité de ceci, c'est que les combattants
n'avaient les uns pour les autres ni haine, ni rancune. On se battait toute la journée, le soir on sou-
pait ensemble, les deux camps n'en faisaient plus
qu'un, on vantait mutuellement ses prouesses, on se
faisait force compliments sur la vigueur de l'attaque
et la science de la stratégie déployées de chaque côté.

On s'adressait des recommandations dans le genre
de celle-ci :

— Mon cher, dites donc à vos soldats de viser plus
bas, afin de ne pas nous défigurer par quelque trou
de balle ou par quelque coup d'épée. On veut bien
risquer sa vie, mais sa bonne mine, non pas.

Ou bien on se demandait des services, on se proposait des parties de plaisir. On ne se battrait pas le
lendemain, il serait charmant d'aller ensemble à la
ville voisine, de régaler les dames et de danser le
menuet ou le cotillon, au son des violons de Mademoiselle ou des violons de Sa Majesté, s'il étaient
dans le voisinage.

M. le prince, le grand Condé, alors duc d'Enghien,

montait à la tranchée, au siége d'une ville, au son
des siens, qu'il avait emmenés.

Une autre fois c'était M. un tel, qui devait enlever
mademoiselle une telle et l'épouser. Il demandait
l'assistance de ses amis frondeurs et cardinalistes.
Leurs deux familles étant ennemies, il lui fallait
prendre sa femme à la pointe de son épée et il pouvait trouver de la résistance.

Cela ne se refusait jamais. Après quoi l'on s'em-
brassait et l'on dégainait de plus belle.

Ajoutez à ces singulières façons, à cette galanterie,
à cette bravoure, un esprit pétillant, une magnifi-
cence que la fortune ne suivait pas toujours néanmoins, et vous aurez une image fidèle de cette
époque, qui n'a eu ni précédent ni imitation dans
l'histoire.

Beaucoup des seigneurs de la vieille cour, chargés
d'honneur, rassasiés d'argent, n'ayant plus de passion à satisfaire, n'y prirent part qu'à leur corps
défendant. Dans ce nombre était le duc de Nogaret
d'Epernon, un des anciens favoris de Henri III et de
Henri IV. Il s'était enrichi sous ces deux règnes
d'une façon scandaleuse, et Louis XIII, sans lui conserver ses anciennes privautés, le laissa jouir de sa
fortune. Il avait le gouvernement de Guyenne et
menait à Bordeaux le train d'un roi. Tout lui était

soumis; Messieurs de la ville ne faisaient rien qu'avec son autorisation; il avait, pour ainsi dire, le droit de vie et de mort.

Son fils, le duc de Candale, était le plus beau, le plus élégant seigneur de la cour; les dames mouraient d'amour pour lui; il manqua les plus beaux mariages, faute de pouvoir se décider à perdre sa liberté. Au moment de conclure, il trouvait quelque raison majeure et rompait tout. Il aimait le plaisir, la gloire, les honneurs; il faisait cependant bon marché de l'ambition, en face d'une joyeuse partie ou des sourires d'une dame.

Il eut quelques duels célèbres : le duel alors était tout à fait dans les mœurs de la noblesse; en vain le cardinal de Richelieu rendit ses célèbres édits, on n'en tint compte. Le comte de Montmorency-Boutteville et le comte de Rosmadec des Chapelles, son cousin, se battirent en plein jour, sur la place Royale, avec le comte de Bussy d'Amboise et le comte de la Frette. On les arrêta lorsqu'ils s'enfuyaient à Bruxelles; ils furent décapités sans que leurs familles, les plus hautes du royaume, alliées même à la maison royale, pussent obtenir leur grâce.

Madame la princesse de Condé, mère du grand Condé, était mademoiselle de Montmorency, mais elle se jeta aux pieds du roi, avec toutes les dames

ses parentes, avec madame de Boutteville elle-même;
le cardinal lui avait prescrit d'être inflexible, il le
fut. La désolée veuve était grosse alors d'un garçon,
qui naquit trois mois après le supplice de son père,
et qui fut depuis le célèbre maréchal de Luxembourg.

Le comte de Boutteville laissait aussi une fille âgée
de deux ans, dont je vous raconterai une autre fois
l'histoire romanesque.

Revenons à mademoiselle d'Épernon, dont nous
n'avons pas encore parlé. Elle était fille du duc
d'Épernon, gouverneur de Guyenne, et sœur, par
conséquent, du beau duc de Candale.

Leur mère était parente très-proche de la duchesse de Montpensier, première femme de Gaston de
France, Monsieur, frère de Louis XIII. Ils se trouvaient, par conséquent, parents également de Mademoiselle, la grande Mademoiselle, leur fille unique,
une des héroïnes de la fronde.

Mademoiselle et madame d'Épernon furent presque élevées ensemble. Madame d'Épernon était moins
belle que son frère; mais elle avait encore suffisam-
ment de charmes pour être citée parmi les plus belles,
dans cet essaim de beautés dont l'histoire a conservé le souvenir. La duchesse restait à la cour le
plus possible, l'existence que menait son mari ne

pouvait convenir à une digne et respectable dame
comme elle; sa fille la suivait, bien entendu, tandis
que M. de Candale partageait son temps entre Bordeaux et Paris.

Le jeune roi et la reine Anne d'Autriche, sa mère,
habitaient tantôt le château de Saint-Germain, tantôt
le Palais-Royal, tantôt les Tuileries, où Mademoiselle
venait aussi quelquefois, quoique sa principale rési-
dence fût le Luxembourg. Cette princesse est trop
connue pour qu'il soit nécessaire de la dépeindre
longuement. Belle, courageuse, altière, bonne néanmoins, elle eut les défauts et les qualités de son rang;
elle tint dignement sa place dans la guerre de la
fronde; si son père Gaston d'Orléans avait eu la
moitié de son énergie et de sa volonté, il eût dominé
toute la situation. Elle s'en alla au siége d'Orléans
et entra dans la ville par une brèche faite à la mu-
raille, suivie des comtesses de Fiesque et de Fron-
tenne, que Monsieur appelait les *Maréchales-de-camp
dans l'armée de sa fille contre le Mazarin.*

Plus tard, elle fit pointer les canons de la Bastille
sur l'armée du roi, dans une sortie. Le cardinal
Mazarin, prétend-on, dit, lorsqu'il apprit cette nouvelle :

— Mademoiselle vient de tuer son mari.

Le fait est, qu'après avoir été proposée à tous les

princes de l'Europe, à peu près fiancée à quelques-uns, elle vit rompre tous ses mariages et finit par rester fille, jusqu'au moment où elle rencontra M. de Lauzun qu'elle épousa, dit-on, secrètement.

Le duc d'Épernon fut en disgrâce pendant le règne de Louis XIII : on n'osa le chasser de son gouvernement de Guienne, mais on l'y laissa moisir, et la duchesse et sa fille furent exilées près de lui; mais elles n'y restèrent pas longtemps et s'en allèrent en Angleterre. Après la mort du roi et du cardinal, elles revinrent et revirent immédiatement Mademoiselle, bien que Monsieur fût très-mal avec le duc d'Épernon. Il fallut sa permission pour que ces dames pussent se rencontrer souvent.

Madame la duchesse de Guise et mademoiselle de Guise arrivèrent en même temps d'Italie, et l'hôtel de Guise fut le centre de la bonne compagnie et de la société la plus distinguée. Mademoiselle était sa nièce du côté maternel; et ce fut à cet hôtel de Guise qu'elle et madame d'Épernon se retrouvèrent avec un grand bonheur.

Madame de Guise avait plusieurs enfants :

D'abord le fameux duc de Guise, celui qui fut dictateur à Naples et qui épousa successivement deux femmes pour les abandonner ensuite et faire rompre leur union par le pape. C'est un vrai héros de roman,

1.

et il n'est pas besoin de rien ajouter à sa vie pour la rendre intéressante.

Puis le chevalier de Guise, depuis duc de Joyeuse, dont nous parlerons beaucoup.

Le chevalier de Joinville qui devint chevalier de Guise.

Enfin une fille, mademoiselle de Guise.

La maison de Guise allait bientôt s'éteindre; tout finit en ce monde. Le chevalier de Joinville fut l'avant-dernier duc, il laissa un fils qui mourut à quatre ans; c'en était fait de cette grande race.

Le jour où Mademoiselle rencontra la duchesse et madame d'Épernon à l'hôtel de Guise, il s'y trouvait une madame Martel, sorte de commensale familière, ainsi qu'on en voyait alors fréquemment dans les maisons des princes. Madame d'Épernon fut beaucoup louée; on vanta sa beauté, sa distinction, son grand air, sa vertu inattaquable. Le chevalier de Guise lui donna la main jusqu'à son carrosse, suivant l'usage du temps.

Lorsqu'il revint, on était encore sur le panégyrique de la belle héritière.

— Quant à moi, dit madame Martel, je ne vois que ce parti-là à la Cour pour M. le chevalier de Guise.

— Ah ! c'est vrai, s'écria Mademoiselle, il faut absolument arranger cela.

— J'en serais ravie, ajouta la duchesse.

— Et moi, je ne saurais désirer une belle-sœur plus accomplie, poursuivit mademoiselle de Guise.

— Qu'en pensez-vous, M. le chevalier? demanda madame Martel.

— Elle est bien belle ! répliqua le jeune homme, déjà rêveur.

— Mademoiselle, c'est à vous de faire ce mariage, les deux partis ont l'honneur de vous appartenir; personne mieux que vous ne peut s'occuper des préliminaires.

— Ma chère madame Martel, Monsieur ne me permettra pas de me mêler de cette affaire-là; vous oubliez sa rancune contre le duc d'Épernon. J'ai déjà eu bien de la peine à obtenir la permission de voir la duchesse et sa fille.

— Eh bien, nous trouverons un autre moyen; mais il faut que ce soit, persista madame de Guise.

— Et je vous y aiderai de tout mon pouvoir, appuya Mademoiselle.

L'approbation de madame de Guise était la plus nécessaire à obtenir. De ce temps-là, et quoiqu'elle fût bien jeune encore, elle menait tout à l'hôtel de Guise, c'était la forte tête de la famille. Elle avait une grande intelligence et un caractère arrêté qu'il eût fallu souhaiter à MM. ses frères. Sa mère ne faisait rien que par son conseil; elle tenait tête quelquefois à la reine elle-même et au cardinal.

— Sérieusement, reprit Mademoiselle, qui la connaissai bien, le voulez-vous?

— De tout mon cœur.

— Alors ce sera.

— Dieu le veuille! murmura le chevalier.

En vue de ce mariage, et même avant qu'aucunes propositions n'aient été faites officiellement, on fit prendre au jeune homme le titre de duc de Joyeuse.

Ce premier hiver de la régence d'Anne d'Autriche fut très-brillant; la fronde n'était pas encore née, on dansa partout, les bals étaient magnifiques; cependant on avait à peine quitté le deuil du feu roi.

Dans ces fêtes, M. de Joyeuse fit une cour assidue à mademoiselle d'Épernon, que mademoiselle de Guise comblait en même temps d'amitiés et de prévenances. La jeune fille paraissait recevoir ces soins avec plaisir; cependant nul ne connaissait le secret de son cœur, elle n'avait fait aucunes confidences; une circonstance inattendue vint révéler ses véritables sentiments.

Le curé de Saint-Eustache, l'abbé Merlin, mourut. L'archevêque de Paris nomma, pour lui succéder, un chanoine de Notre-Dame, appelé Poncet. Le neveu du défunt montra un papier par lequel son oncle se défaisait de sa cure en sa faveur, projet dont sa maladie avait seule empêché l'exécution. L'archevêque n'en tint compte et passa outre.

Mais le peuple n'accepta pas le nouveau pasteur et se mit du parti de l'ancien. Il s'assembla pour protéger le neveu; on envoya quelques archers de la ville pour remettre l'ordre; ils ne firent qu'augmenter le tumulte, et bientôt la canaille s'empara de l'église et sonna le tocsin, ce qui mit en révolution tout le quartier des halles. Il fut même question d'aller piller la maison du chancelier, parce que, comme paroissien, il ne prenait pas assez vivement le parti des Merlins à leur gré.

La reine donna ordre au duc de Joyeuse de prendre les mousquetaires et d'aller dissiper ces attroupements qui duraient déjà depuis deux jours et qui menaçaient de troubler sérieusement la tranquillité publique.

Le duc obéit; il était à peine parti depuis deux heures, lorsqu'un page arriva tout essoufflé, annonçant une députation des dames de la halle près de la reine, en ajoutant que, dans la débâcle, M. de Joyeuse avait reçu un coup de pierre sur le front, dont il était mort, suivant les récits de ces gens-là

Mademoiselle d'Épernon était alors près de Mademoiselle, elle ne dit pas un mot, mais elle pâlit d'une manière effrayante et tomba sans connaissance dans les bras de la princesse qui s'efforça de la soutenir.

C'était un aveu ; toute la Cour le prit comme tel.

Cependant les députées furent introduites, la régente leur demanda tout d'abord la vérité sur M. de Joyeuse : il se trouva, après une enquête sérieuse, que c'était l'officier des mousquetaires et non lui dont il était question.

Les *dames* se montrèrent respectueuses, mais résolues. Elles dirent à la reine que les Merlins étaient leurs curés depuis des siècles, *de père en fils*, et qu'elles n'en pouvaient souffrir d'autre.

La reine ne put s'empêcher de rire de cette singulière supplique ; dès lors, elle était acceptée. Anne d'Autriche leur accorda Merlin, et les barricades tombèrent, les halles en étaient déjà couvertes ; de tout temps le populaire de Paris a aimé ce genre d'exercice.

Le duc de Joyeuse apprit à son retour l'heureux évanouissement de mademoiselle d'Épernon. Il n'osa pas lui en témoigner sa joie ; les amoureux étaient timides en ce temps-là. Cette émotion devait avoir des suites plus graves qu'on ne l'avait pensé d'abord. La Cour partit pour Fontainebleau ; mademoiselle d'Épernon y arriva malade, elle fut obligée de garder son appartement, et, quelques jours après, il se répandit une douloureuse nouvelle : mademoiselle d'Épernon avait la petite vérole ; ses jours étaient en danger.

II

La petite vérole, en ce temps-là, était un mal fort commun et plus désastreux qu'aujourd'hui ; les progrès de la science nous en préservent et ils écartent même le danger ; on en meurt beaucoup moins souvent qu'autrefois. La terreur qu'inspirait cette terrible maladie était universelle. Aussitôt qu'on apprit son apparition à Fontainebleau, il fut question de faire partir le roi et Monsieur ; défense absolue fut faite à mademoiselle de voir son amie, et, afin d'en être plus sûre, la reine l'envoya à Paris.

Le duc de Joyeuse, à cette nouvelle, se rendit immédiatement chez madame d'Épernon ; il implora la grâce d'être reçu par elle, et, comme elle s'y refusa, il insista à plusieurs reprises. La duchesse lui permit enfin d'entrer chez elle.

— Madame, lui dit-il, tout d'abord, je ne saurais vivre sans mademoiselle d'Épernon ; sa maladie peut lui faire courir quelque péril, et je ne me consolerais jamais de ne pas l'avoir vue chaque jour, si j'étais surtout assez heureux pour qu'elle daignât m'y autoriser.

— Mais, monsieur...

— La Cour sait de quelle flamme je brûle pour elle, quelles espérances j'ose concevoir ; n'est-il pas très-simple que ma vie lui appartienne ? Ne suis-je pas son esclave et son serviteur ? Je vous en supplie, madame, ne me repoussez pas.

Madame d'Épernon consentit à consulter sa fille ; celle-ci s'écria d'une voix altérée, que M. de Joyeuse ne devait pas l'approcher, que son mal était contagieux, et qu'il ne devait pas exposer sa précieuse vie près d'une malheureuse jeune fille condamnée peut-être à périr bien promptement. Elle n'accepterait pas un pareil dévoûment ; elle serait coupable de l'accepter.

La porte était ouverte, le duc entendit ces bienheureuses paroles, il n'en demanda pas davantage et se précipita dans la chambre de la malade ; il prit sa main, la baisa avec transports, jurant qu'il ne

s'en irait plus, que maintenant il avait absorbé le
poison et qu'on ne lui objecterait plus sa sûreté et sa
vie. Ce fut un moment d'ivresse et de délire ; mademoiselle d'Épernon n'eut pas la force de le supporter, elle s'évanouit. ◈

A dater de ce moment, M. de Joyeuse s'établit
chez sa fiancée, il ne la quitta pour ainsi dire pas,
et, dans ce temps des belles amours, il fut loué,
admiré de toutes les dames ; il n'en était pas une qui
n'enviât cette passion et qui ne la donnât pour
exemple à ses serviteurs. Braver la petite vérole !
c'était plus que de braver la mort à la bouche d'un
canon ; on risquait d'être défiguré, et la beauté était
alors, même pour les hommes, chose bien plus im-
portante qu'aujourd'hui.

Heureusement la contagion ne l'atteignit pas ; la
maladie fut très-bénigne, mais elle fut longue, et
mademoiselle d'Épernon dut garder très-longtemps
la chambre.

Son absence, d'abord très-remarquée et très-re-
grettée, s'oublia comme tout s'oublie. La reine
donna force bals et le cardinal beaucoup de festins et
de réjouissances ; la Cour était d'un brillant que la
guerre civile devait éteindre bientôt, mais qui n'en
avait que plus d'éclat.

M. de Joyeuse résista d'abord aux tentations, aux

prières, même aux ordres de Sa Majesté. Il s'excusa
sur sa douce fonction de garde-malade; mais un jour,
il s'agissait d'une entrée de ballet pour laquelle on
avait absolument besoin de lui; le costume était superbe, il se laissa séduire. Il devait mener mademoiselle de Guerchy, la plus belle des filles de la reine,
l'amie de mademoiselle de Pons. Le duc de Guise,
frère aîné de M. de Joyeuse, affichait hautement sa
passion pour celle-ci, il le pria donc de figurer avec
lui et sa maîtresse, c'était bien peu de chose. M. de
Joyeuse, tout amoureux qu'il fût, ne put refuser. Il
mit cependant pour condition que mademoiselle
d'Épernon y consentirait; Mademoiselle et mademoiselle de Guise se chargèrent d'obtenir cette permission.

Mademoiselle de Guise porta la parole, elle se crut
obligée d'assaisonner sa demande de protestations
de toutes sortes, la convalescente l'interrompit.

— Comment, mademoiselle, dit-elle, M. de
Joyeuse croit avoir besoin de mon congé pour danser un ballet chez M. le cardinal! Comment vous seriez près de moi pour si peu de chose et vous m'en
parlez avec autant de solennité que s'il s'agissait
d'un secret d'État!

— Mon frère sait trop ce qu'il vous doit...

— Eh! que me doit-il, mademoiselle? Quels droits

ai-je sur M. le duc de Joyeuse? Quelles paroles ont
été échangées entre nous? Qu'a-t-il dit à ma mère et
à M. d'Épernon! Il a bien voulu me prouver son
amitié en me sacrifiant les plaisirs de la Cour, en
consentant à rester près de moi, pendant mes longues heures de souffrance et d'isolement, j'en suis
reconnaissante ainsi que je le dois, mais je ne pré-
tends pas enchaîner sa liberté, et il n'était nullement
besoin de mon autorisation, je vous le jure.

— Vraiment, ma cousine, répondit impétueusement Mademoiselle, ne comptez-vous pas nous faire
croire que M. de Joyeuse ne vous est rien, alors qu'il
n'est pas un estafier à Fontainebleau qui ne sache
où vous en êtes avec lui. Vous êtes aussi fiancés que
si tous les évêques y avaient passé; on n'a pas coutume, que je sache, de risquer la petite vérole pour
une personne qui ne vous touche pas.

Mademoiselle d'Épernon leva ses beaux yeux sur
mademoiselle de Guise, celle-ci ne répondit pas un
mot, elle affichait la distraction. La malade prit sur
le champ un grand air; on ne se laissait pas manquer, fût-ce par une princesse, lorsqu'on était la fille
d'un duc et pair, gouverneur de Guyenne.

— M. le duc d'Épernon, ni madame la duchesse
n'ont reçu aucune communication de madame la duchesse de Guise, reprit-elle; nous ne connaissons

l'honneur qu'on veut bien nous faire que par votre
altesse royale, Mademoiselle, vous m'obligeriez in-
finiment en changeant de discours. Mademoiselle de
Guise s'ennuie de ce différend, dites-moi donc, je
vous prie, qu'est-ce qui vous mène ce soir à ce ballet, le roi sans doute? Quelles sont vos couleurs?

Mademoiselle avait de l'esprit, mais les délicatesses
de l'amour lui étaient étrangères; elle ne devait
les connaître que dans un âge mûr, lorsqu'elle s'é-
prit de M. de Lauzun, qu'elle épousa secrètement, et
qui la rendit si malheureuse. Elle crut mademoiselle
d'Epernon blessée d'amour-propre, tandis que celle-
ci l'était de cœur. Elle ne songeait ni au silence de
mademoiselle de Guise, ni aux formalités méconnues
dans les préliminaires de son mariage. Elle ne s'occupait que de *lui*, de lui qui, pour la première fois,
consentait à s'éloigner d'elle, qui lui préférait le
plaisir de briller dans un ballet, et qui lui faisait demander par une autre une permission qu'il tremblait
de ne pas obtenir, comme un enfant redoutant son
maître d'école.

— Ah! se dit-elle, il ne m'aime pas comme je
l'aime; il me craint et il doute de moi!

Les entrées furent magnifiques : M. de Joyeuse et
mademoiselle de Guerchy eurent un grand succès.
La reine daigna les féliciter. La duchesse de Guise,

placée à côté de Sa Majesté et du cardinal, profita de cette occasion pour lui parler de sa famille.

— Votre Majesté est assez bonne pour louer mon fils, madame, elle a aussi de très-gracieuses paroles pour mademoislle de Guise, me permettra-t-elle de lui rappeler que je suis une pauvre veuve et que tous ces enfants-là me causent bien des tourments. Mon fils aîné me désole avec ses folles amours, il a déjà épousé et répudié mademoiselle de Gonzague et la comtesse de Bossut; maintenant il veut épouser mademoiselle de Pons, je n'ai aucun pouvoir sur lui, je ne saurais l'empêcher.

— Allons donc! duchesse, M. de Guise veut aller demander au pape de casser sa dernière union avec cette comtesse flamande qui n'entend pas une pareille chanson; il ne réussira pas, soyez sans inquiétudes. Quant aux autres, il me semble que rien n'est perdu.

— J'ai des projets pour le duc de Joyeuse.

— Oui, mademoiselle d'Épernon.

— Cette histoire de mademoiselle d'Épernon est un enfantillage; j'ai d'autres vues et je solliciterai l'agrément de Votre Majesté.

— Vraiment! et qui cela?

— Mademoiselle d'Angoulême. Elle est riche, elle est de sang royal; cette alliance me paraît plus

convenable que celle des Nongaret. Qu'en pense
Votre Majesté?

La reine sourit.

— La petite-fille de Charles IX est, en effet, un
parti sortable pour un Guise.

— Les Guises ont épousé plus d'une fois les filles
légitimes des rois de France, madame, me trouvez-
vous donc trop hardie d'aspirer à la fille d'un bâtard?

— Je ne dis pas cela, duchesse, bien au contraire.
Je connais aussi bien que personne les alliances
de la maison royale avec la maison de Guise, je
sais quels liens ont existé entre elles. Ce n'est certes
pas la faute des ducs de Guise si ces alliances n'ont
pas été jusqu'à la succession, et, sans notre aïeul
Henri IV, le roi de France ne se fût pas appelé
Henri de Bourbon, mais Henri de Lorraine. Ce
n'est pas de cela qu'il s'agit. Je croyais M. de
Joyeuse tout à fait engagé avec mademoiselle d'É-
pernon.

— Lui, peut-être... je ne sais... mais nous ne
le sommes pas du moins.

— Ah! dit la reine, en la regardant avec surprise,
c'est tout autre chose. Vous vous en tirerez comme
vous pourrez avec M. d'Épernon, il n'est ni tendre,
ni facile.

— M. d'Épernon ne se mêlera pas de tout cela,

il a d'autres intérêts. J'ai aussi d'autres visées pour ma fille ; on m'a parlé du duc de Mercœur.

— Quoi ! de ce côté aussi la maison de France ! décidément vous voulez finir les querelles de race, madame la duchesse, et je vous en loue fort.

Anne d'Autriche accompagna ce compliment d'un regard ironique que la duchesse reçut en pleine poitrine, sans broncher. Elle continua comme si elle n'avait pas été interrompue :

— Et j'ai pensé qu'en faveur de cette union, Votre Majesté voudrait bien accorder le retour de M. de Mercœur à la Cour, ses peccadilles ne sont pas dangereuses...

— Je ne suis pas si miséricordieuse que vous à l'endroit de la maison de Vendôme, Madame ; le duc de Mercœur a eu des semblants de rébellion comme ses frères, et il les expiera.

— J'espérais, Madame, qu'étant petit-fils de Henri IV, comme le roi notre sire...

— Comme le roi ! Madame ! Ceci est, par Dieu ! trop d'insolence, et vous vous souvenez bien, ce me semble, de MM. de Guise, vos aïeux. Le roi Louis XIII, mon époux, père du roi Louis XIV, mon fils, est né du légitime mariage du roi Henri-le-Grand avec la reine Marie de Médicis, tandis

que MM. de Vendôme descendent apparemment de
la belle Gabrielle et de ses amours.

— MM. de Vendôme sont légitimés de France,
Madame.

— Et ce fut une grande faute. Il ne faut pas enter
une branche parasite sur un tronc royal, c'est autant de séve qu'on lui ravit en pure perte. Du reste,
Madame, agissez comme il vous plaira; le roi et
moi, nous n'avons point à nous mêler de vos affaires de famille. Si vous croyez devoir allier vos
enfants à des races bâtardes, ceci vous regarde et
non pas nous.

Et la reine congédia la duchesse par un signe de
tête où elle mit toute la fierté de sa race et de son
rang. Elle haïssait les Guise, bien qu'ils fussent très-
déchus de leurs anciennes splendeurs; elle avait
contre eux une méfiance d'instinct qu'ils ne justi-
fiaient plus.

Le lendemain, mademoiselle d'Épernon reçut le
duc de Joyeuse avec sa bonne grâce ordinaire : ses
yeux étaient rouges, elle se plaignit d'un mal de
tête; néanmoins elle voulut savoir tous les détails
de la soirée précédente, et se les fit raconter par lui.
Elle l'écouta soigneusement, pas un mot ne passa
inaperçu. Il vanta fort mademoiselle de Guerchy et
l'éclat de son teint de lys et de roses.

— Ah ! murmura-t-elle, mademoiselle de Guerchy n'a pas eu la petite vérole ?

Cette réponse renfermait tout un monde de pensées et de regrets.

Pendant les semaines qui suivirent, le duc alla
plusieurs fois danser chez la reine, chez Mademoiselle et chez le cardinal ; il ne demanda plus la
permission et se contenta de prévenir. L'habitude
étant rompue, elle ne se reprit point, et, bientôt,
mademoiselle d'Épernon passa presque toutes ses
soirées seule. Une grande tristesse s'empara d'elle :
elle ne se plaignit pas, elle ne fit aucune confidence,
mais elle était assez bien rétablie pour sortir, et
elle prenait le prétexte de sa santé pour rester au
logis, où sa mère ne demeurait pas toujours auprès
d'elle ; ses devoirs de Cour l'appelaient.

A cette époque, la foi était plus vive qu'aujour-
d'hui ; dans les grandes douleurs on avait Dieu,
les cœurs brisés se réfugiaient dans son sein. Mademoiselle d'Épernon était très-pieuse : se voyant
délaissée, elle pria, elle demanda au ciel des forces
pour supporter cet isolement. L'espérance ne l'abandonnait pas toutefois.

Lorsqu'elle voyait M. de Joyeuse, elle le trouvait
aussi empressé, aussi tendre : ses yeux parlaient
le même langage, son sourire avait le même charme.

Elle se laissait aller à ce mirage de bonheur, elle se surprenait à bâtir des projets, elle cherchait dans l'avenir une assurance pour le présent.

Déjà le jeune duc avait décidé avec elle qu'ils quitteraient la cour, qu'ils iraient vivre dans une de leurs terres, pour faire du bien autour d'eux, pour se faire bénir par leurs vassaux. Ils s'aimaient assez pour n'avoir pas besoin du monde et pour vivre uniquement l'un pour l'autre; c'était un de ces paradis rêvés qui ne se rencontrent pas en ce monde, et que le Seigneur nous garde pour l'autre.

Un jour, le duc venait de la quitter; elle restait plongée dans une douce rêverie, reflet de la tendre causerie qu'ils avaient eue, cœur à cœur, lorsque les deux battants s'ouvrirent et on lui annonça :

— Mademoiselle !

La princesse avait un air solennel; elle embrassa son amie avec plus d'effusion qu'à l'ordinaire. Après les premiers compliments :

— Vous sentez-vous assez forte pour entendre une révélation cruelle, ma cousine? demanda-t-elle.

— Oui, certes, Mademoiselle, et j'y suis toute préparée.

— Écoutez-moi donc alors, et prenez courage. Mon amitié ne vous manquera jamais du moins.

Mademoiselle avait formé le projet de prévenir

son amie; elle n'était pas fille à y renoncer. Elle
était brusque, décidée, mais loyale, et la conduite
cauteleuse des Guise ne lui agréait pas. Elle désirait
vivement le mariage; elle comprenait qu'il allait
se rompre. Maintenant que mademoiselle d'Épernon aimait celui qu'elle regardait comme son fiancé,
c'était lui imposer un malheur éternel.

— Je ne le souffrirai pas, avait-elle dit à madame
la comtesse de Brisgné, sa gouvernante; d'ailleurs,
madame d'Angoulême est un assez mauvais parti,
toute petite-fille de Charles IX qu'elle soit. Madame
de Guerchy, le prétexte de cette belle action, ne
mérite pas qu'on lui sacrifie une fille d'honneur
tout cela est souverainement injuste, et je ne comprends pas comment la reine y donnerait les mains

— Mais, mademoiselle, c'est M. le Prince. Montresor a été le trouver, de la part de madame de
Guise; il lui a demandé ses bons offices pour cette
union, lui apportant en retour les protestations de
M. de Joyeuse et de messieurs ses frères, tous s'at-
tacheraient à lui à cette condition. On lui a aussi
offert la maison de Vendôme tout entière, s'il voulait s'employer au retour de M. de Mercœur.

Mademoiselle ne pouvait alors souffrir le grand
Condé; rien que le désir de le contrarier l'eût jetée
dans le parti contraire.

— Qui vous a dit cela, Madame?

— Je le tiens de S. A. R. Monsieur, et vous autorise à prévenir mademoiselle d'Épernon.

— Ainsi ferai-je, et sur-le-champ.

Mademoiselle d'Épernon, elle, se sentait moins aimée, bien qu'elle fût loin de prévoir toute l'étendue de son malheur. Elle était avec sa mère, assise près d'une fenêtre, lorsque la fille de Gaston d'Orléans entra chez elle.

— Eh bien! dit celle-ci, sans même attendre qu'on lui eût avancé un fauteuil, j'espère que vous me croirez cette fois.

— Qu'y a-t-il, Mademoiselle? demandèrent-elles toutes les deux en même temps.

— Il y a que je suis trop votre amie pour vous cacher la vérité, j'espère que vous aurez la force de l'entendre et que vous saurez prendre les devants sur ceux qui prétendent se moquer de vous.

— Se moquer de nous, Mademoiselle! interrompit la duchesse, cela est impossible; M. d'Épernon, ni mes fils, ne le souffriraient pas.

— Ils seraient obligés de céder aux ordres de la reine, vous le savez comme moi. On vous abuse; M. de Joyeuse fait d'abord une cour assidue à mademoiselle de Guerchy.

— Je le sais, répliqua mademoiselle d'Épernon,

c'est une galanterie de bal, je ne vous cacherai pas que j'en souffre beaucoup, pourtant c'est déraisonnable ; je ne vais plus à la Cour, il ne peut y rester sans quelque apparence de commerce avec les dames ; la constance n'est plus à la mode comme du temps de François Ier, et quand je serai sa femme...

— Vous ne le serez pas, il ne le veut plus, il veut mademoiselle d'Angoulême.

— Cette folle ? s'écria la duchesse.

— Oui, cette folle ; mais elle est de sang royal, c'est la dernière des Valois, fût-elle de la main gauche ; et M. le Prince les sert pour cela.

On appelait alors le prince de Condé M. le Prince, tout court. Cet usage avait commencé sous le père du vainqueur de Rocroy et de Fribourg.

— Mademoiselle d'Épernon devint pâle, en dépit des rougeurs que lui avait laissées sa terrible maladie. La duchesse se leva furieuse.

— Cela est impossible, Mademoiselle !

— Monsieur m'a chargée de vous en prévenir. Me croirez-vous à présent ? Ce n'est plus moi seule qui parle.

Au même instant le duc de Candale entra ; après avoir salué respectueusement Mademoiselle, il lui demanda ce qu'elle pensait de l'aventure de Montrésor et du départ de la Cour.

2,

— Quelle aventure? quel départ?

— Quoi! Votre Altesse Royale ignore encore ce qui fait l'objet de toutes les conversations! La cour part demain pour Compiègne, elle s'arrête à Chantilly; M. le Prince et M. le duc d'Enghien sont décidément en grande faveur, car c'est afin d'accompagner le plus loin possible M. le duc d'Enghien qui se rend à l'armée de Flandres.

— La décision est venue bien vite. Sait-on pourquoi?

— La reine, le cardinal et M. le Prince ont causé une heure ensemble, et la chose a été déclarée après.

Mademoiselle regarda mademoiselle d'Epernon. Cette faveur des Condés était pour elle de bien mauvais augure, dans les circonstances présentes.

— Et Montrésor? reprit-elle.

— Il a été arrêté, il y a une heure, pour des intrigues; Monsieur n'y a pas nui.

— Ah! je respire, dit la princesse.

— Et le plaisant, c'est qu'on a trouvé sur lui une lettre du dernier tendre de mademoiselle de Guise.

— Ne dites pas cela, c'est impossible, mademoiselle de Guise, un parangon de vertu!

— Mademoiselle, c'est la pure vérité.

— Mon frère, poursuivit mademoiselle d'Epernon, n'accusez pas ainsi mademoiselle de Guise, elle est

trop connue pour qu'on vous croie, et c'est une faci
lité qui ne convient pas, d'elle à nous.

— Toujours bonne! murmura Mademoiselle.

— Je suis juste, et voilà tout.

— Enfin, continua la princesse, vous êtes averties
maintenant, agissez en conséquence, quoique le dan
ger me paraisse bien moins grand, d'après ce qui se
passe et l'arrestation de Montresor. Je vais aux nouvelles, si j'en trouve, vous les aurez ce soir.

Mademoiselle d'Épernon reconduisit la princesse,
ainsi qu'elle le devait, et profita de cette occasion
pour se retirer dans sa chambre, où elle sentait le
besoin d'être seule et de pleurer en liberté devant
Dieu.

Elle avait, je l'ai dit, l'âme trop tendre, les sentiments trop délicats, pour ne pas s'apercevoir à merveille qu'elle était moins aimée. Ce qu'elle venait
d'apprendre confirmait ses craintes; si le duc de
Joyeuse eût eu pour elle la même tendresse, il eût
repoussé bien loin des espérances de fortune qu'elle
ne partageait pas. Il devait venir la voir ce soir-là;
après bien des combats, elle se décida à sortir de
cette incertitude et à l'interroger directement, il
n'était digne ni de lui, ni d'elle, de garder une ar-
rière-pensée. Le moment était venu de connaître
les projets du duc; il l'avait assez proclamée pour

qu'elle eût le droit de lui en demander compte.

Mademoiselle d'Epernon était fort pieuse. Une heure de prière la confirma dans cette résolution et lui donna la force de l'accomplir. Quand elle rejoignit la duchesse, son visage était calme et serein, toutes traces d'émotion avaient disparu.

— Je lui parlerai moi-même, madame, dit-elle à la duchesse; jusque-là, suspendons notre jugement, je vous en prie. Veuillez nous laisser seuls ensemble, je vous promets que ce soir mon parti sera pris.

Madame d'Epernon savait quelle sagesse et quelle fermeté se cachaient sous la douceur et la grâce de sa fille. Aussitôt que le carrosse du duc entra dans la cour, elle rentra chez elle afin de ne pas être vue. Le duc de Candale l'avait quittée depuis longtemps.

M. de Joyeuse était fort paré; évidemment il avait quelque partie pour le soir. Elle le reçut avec un sourire un peu triste peut-être, malgré ses efforts. Il ne s'en aperçut pas. Son embarras était celui d'un coupable qui accomplit une expiation. La jeune fille, après les premiers compliments, s'informa s'il était vrai que M. de Montresor fût arrêté et s'il n'en résultait pas de dérangements pour la maison de Guise.

— Aucuns, mademoiselle.

— Cependant, monsieur, il était chargé de négo-

lations importantes; il avait en mains de graves in-
érêts.

Le duc ne put s'empêcher de rougir.

— Je ne comprends pas, mademoiselle.

— Écoutez-moi, M. de Joyeuse, et prenez mes
paroles pour ce qu'elles sont, sans arrière-pensées,
sans interprétations fausses. Ce que je vais dire est
peut-être en dehors des devoirs imposés à une fille;
mais nous sommes ensemble d'une façon qui autorise cette liberté. Je me confie à votre foi et à votre
loyauté, vous me répondrez, j'en suis sûre, et nous
nous estimerons davantage après cette explication
franche. N'est-ce pas votre avis?

M. de Joyeuse s'inclina.

— Vous m'avez donné des preuves d'une amitié
que je n'aurais pu méconnaître sans ingratitude,
monsieur; je ne puis nier non plus que je n'y aie été
sensible, et il a paru entre nous des relations dont la
Cour s'est fort occupée, sans que nous en eussions
souci. Vous m'aviez si souvent engagé votre parole,
vous sembliez si bien tenir à la mienne, que j'aurais
cru manquer à votre race tout entière en doutant de
vous.

— Je vous en remercie, mademoiselle, balbutia-
t-il; il eût voulu être aux antipodes.

— J'ai appris aujourd'hui même que vos projets

étaient changés, que M. de Montresor justement, l'âme damnée de l'hôtel de Guise, l'ami de votre maison, négociait votre mariage avec mademoiselle d'Angoulême.

— Ce mariage ne se fera pas, mademoiselle, je ne puis...

— Vous avez souffert néanmoins qu'il fût mis en question, vous avez autorisé les démarches de votre parent; vous aimez donc mademoiselle d'Angoulême?

— Ah! mademoiselle, pouvez-vous le penser!

— Alors, d'où viennent ces tentatives?...

— Ma sœur... ma maison...

— Monsieur, reprit-elle, en contenant un sanglot, faites bien attention que je veux la vérité, qu'il n'est ici question ni de madame la duchesse de Guise, ni de mademoiselle votre sœur, et qu'il ne s'agit que de vous et de moi. Ce que vous allez répondre décidera ma volonté. Mademoiselle d'Angoulême est-elle de votre choix?

— Ah! pour cela, non, je vous le jure.

Mademoiselle d'Épernon eut un vrai moment de bonheur; elle leva sur le duc un regard plein de reconnaissance.

Cette entrevue, qui semblait devoir être décisive, laissa les choses au même point; mademoiselle d'Épernon avait repris de la confiance, en dépit de Ma-

demoiselle qui venait de lui répéter qu'elle était doublement trompée.

— M. de Joyeuse fait la cour *pour son compte* à
mademoiselle de Guerchy, tandis que mademoiselle
de Guise et Montrésor poursuivent son mariage avec
mademoiselle d'Angoulême. Il s'amuse de son côté à
semer des fleurettes, la famille songe au solide de
l'autre; je ne vois pas ce qui vous reste entre les
deux.

— J'ai ma part, Mademoiselle, et c'est la meilleure.

— Oui, si le souvenir vaut mieux que l'espérance.
Croyez-moi, venez vous-même vous assurer de la
vérité. Arrivez un soir, inattendue, à la Cour, vous
verrez.

Que craignez-vous? votre beauté est redevenue
triomphante, vous déferez tout le Louvre à plate
couture.

Mademoiselle n'avait pas aimé encore, elle ignorait qu'en certains cas on est heureux de se tromper
soi-même, et l'on craint la vérité.

Mademoiselle d'Épernon avait cependant un désir
ardent de retourner à la Cour. Son miroir lui disait
qu'elle n'y aurait que des triomphes, elle se sentait
heureuse de se montrer aux yeux du duc entourée
d'hommages et écrasant ses rivales. Mademoiselle de

Guerchy était cependant fort dangereuse : sa beauté pleine de séductions, était célèbre, elle inspira ce fmeux sonnet de l'*avorton*, dont on a tant parlé. Sa vie fut bien courte, elle mourut assassinée, ou plutôt tuée par M. de Vitry, son fiancé, qui, la voyant atteinte d'une maladie incurable et souffrant des tortures inouïes, lui donna un coup de poignard pour l'en délivrer.

On comprend que cette mort fit grand bruit; elle arriva deux ans environ après l'époque qui nous occupe. En ce temps-là, mademoiselle de Guerchy était belle et fraîche, adorée, coquette; elle accueillait les vœux de M. de Joyeuse, sans l'aimer, un peu par amour-propre, un peu pour l'ôter à un autre et se parer de son trophée.

Le soir où mademoiselle d'Épernon se préparait à reparaître au Louvre, elle s'occupa beaucoup de sa toilette; c'était une bataille décisive, il fallait vaincre à tout prix. Mademoiselle lui avait demandé de porter ses couleurs, ce qu'elle faisait assez souvent avec ses amies. Elle avait donc une jupe de pékin blanc, broché à ramages d'argent fort riches, le bas de robe pareil. Un corps de jupe en toile d'argent, le tout orné d'une profusion de rubans nacarats et noirs. De ces nœuds à la mode en ce temps-là, sans bouts, avec des boucles réunies, assez longues et retombantes, pour former un flot. En haut, une traverse retenue par un joyau, soit rubis, soit perles ou diamants. Du point d'Espagne autour de la gorge et aux manches courtes à demi. Beaucoup de diamants, de perles et de rubis; elle était fort belle, ainsi vêtue.

Quand elle parut, il y eut une espèce de rumeur; on ne l'avait pas vue depuis bien des mois, on parlait sourdement de ce qui se passait, et la curiosité était fort excitée. La reine la reçut d'une façon particulièrement gracieuse, elle la complimenta sur son retour et sur son rétablissement, en lui demandant si elle comptait rester à la Cour ou retourner à Bordeaux.

— Madame d'Épernon n'a encore pris aucune décision à cet égard, madame, et si mon père ne nous rappelle pas, nous resterons à Paris.

Elle s'ouvrait une porte en cas de mésaventure.

— Je crois que vous ferez bien de partir, mademoiselle, M. le duc a été très-longtemps sans vous voir près de lui. Il est presque roi à Bordeaux, vous y serez reçue comme une souveraine... et puis il se passe ici des choses...

La reine avait de ces coups de boutoir que rien ne motivait quelquefois et qui n'en étaient que plus cruels. Elle n'aimait pas le duc d'Épernon, fort indépendant dans son gouvernement, et se souciant

3

peu des ordres qu'il recevait. Il fit à lui tout seul l'ouverture de la Fronde, et Anne d'Autriche n'était pas fâchée de laisser percer son mécontement.

La jeune fille ne comprit qu'une chose à ce discours : la reine était instruite des intentions de la maison de Guise et voulait lui en épargner le spectacle; le mariage devait être décidé et toutes ses espérances étaient perdues. Elle devint pâle comme un linge et eût donné toute sa fortune pour pouvoir interroger la reine et en apprendre davantage.

Le cardinal Mazarin s'était glissé derrière le fauteuil de la reine pendant cette conversation, dont il entendit la fin. Il sortait de son cabinet, où il avait décacheté les dépêches, suivant son habitude à cette heure.

— Mademoiselle d'Épernon partir! Et pourquoi cela, madame? Elle doit plus que jamais rester. J'aurai une communication à lui faire, avec l'autorisation de Votre Majesté, qui changera ses projets, je n'en doute pas.

Cette proposition du cardinal étonna fort mademoiselle d'Épernon et surprit Anne d'Autriche elle-même.

— Vous pouvez causer avec mademoiselle d'Épernon, tant qu'il vous plaira, monsieur; mais si vous êtes son ami, au lieu de la retenir à la Cour, vous

devriez bien, au contraire, lui épargner un spectacle pareil à celui-ci, dont son cœur ne peut être que
blessé au vif.

La reine montrait, du bout de son éventail, madame et mademoiselle de Guise entourant madame
la duchesse d'Angoulême; tandis qu'à quelques pas
plus loin, le duc de Joyeuse était presque aux genoux
de mademoiselle de Guerchy.

— J'apporte à mademoiselle d'Épernon une vengeance et un triomphe, madame; je lui offre une
couronne, avec la permission de Votre Majesté.

— Une couronne!

— Votre Majesté a-t-elle donc oublié la lettre arrivée de Pologne ce matin, par un courrier extraordinaire?

— Eh bien?

— Eh bien! madame, le roi de Pologne demande
instamment une femme pour le prince Jean-Casimir,
son frère; il supplie Votre Majesté et moi de choisir
parmi les grandes familles une personne digne de
s'asseoir à côté de lui sur le trône dont il est l'héritier. Il tient essentiellement à le partager avec une
sujette du roi et à la recevoir de votre main. Nous
avions pensé, vous le savez, à mademoiselle d'Épernon, au cas où l'on nous adresserait cette demande;

il ne s'agit donc plus que de la décider, et j'espère qu'elle n'hésitera pas.

Mademoiselle d'Épernon sentit tout l'embarras de sa position : elle devait remercier la reine et Son Éminence de la bonté qu'ils lui témoignaient. Une pareille fortune était un bonheur inespéré, et que son père ne lui permettrait pas de refuser ; cependant elle était loin de la désirer d'abord, de l'accepter ensuite.

Sa mère la regardait stupéfaite, et elle.... elle regardait M. de Joyeuse qui ne la voyait pas.

— Que dites-vous de ma proposition, mademoiselle.

— Monsieur, je remercie Votre Éminence, je suis éblouie, je ne puis répondre sur-le-champ ; il faut d'ailleurs consulter M. le duc d'Épernon, ce me semble.

— Nous n'y manquerons pas, mademoiselle ; je suis sûr d'avance de sa réponse.

— Mademoiselle d'Épernon réfléchira, monsieur ; elle a un trop bon esprit pour ne pas être reconnaissante de votre bonté, et pour ne pas en sentir tout le prix. Ne trouvez-vous pas, madame, continua-t-elle, en se tournant vers la princesse de Bade, qui venait d'entrer, ne trouvez-vous pas mademoiselle tout à fait à son avantage ce soir ?

C'était un congé, mademoiselle d'Épernon le sentit, elle se retira dans un groupe formé derrière la régente; elle était placée de façon à ne pas perdre un geste, un sourire de M. de Joyeuse, et elle eut le courage de le regarder sans laisser paraître la moindre émotion. Madame de Monglat, encore dans toute la joie des premiers jours de mariage et désirant montrer sa toilette, lui proposa de faire le tour du salon; elles partirent toutes deux et furent bientôt suivies d'une foule d'adorateurs.

En passant près de mademoiselle de Guerchy, madame de Monglat lui parla; M. de Joyeuse se leva aussitôt et se trouva en face de mademoiselle d'Épernon, il devint pâle et se troubla visiblement.

— Ah! mademoiselle, lui dit-il, vous surprenez les gens ainsi! On vous croyait triste et dolente dans votre alcôve, vous voilà à la Cour, rayonnante de beauté et d'éclat. Pardonnez-moi de ne pas vous avoir encore vue, c'est un véritable crime; ne m'imposez pas d'expiation, elle est dans ma faute même, j'ai perdu plus d'une heure de ma vie.

Cette belle phrase, que la mode du temps dictait à un soupirant, fut prononcée à voix basse; mademoiselle de Guerchy ne devait pas l'entendre, mais mademoiselle d'Épernon n'avait garde de la perdre.

— Quoi! monsieur, dit-elle très-haut, une heure

de votre vie passée avec mademoiselle de Guerchy
est une heure perdue! C'est une heure sauvée, au
contraire, et ceci est un blasphème; pour vous en
punir, je vous ordonnerai de me donner la main
pour faire un tour de terrasse, et, soyez tranquille,
je n'aurai pas la cruauté de vous retenir longtemps.

Mademoiselle de Guerchy était coquette, accoutumée aux hommages, et traitant du haut en bas les
rivalités de femmes, quelles qu'elles fussent. Elle
se mit à rire aux éclats, d'un rire de bonne humeur
qui n'avait rien de contraint, ni d'ironique.

— Gardez-le, gardez-le, mademoiselle, je suis bien
aise de m'en défaire un peu, il ne me quitte pas, je
l'ai chaque jour douze heures durant. Je ne sais à
qui il donne le reste, et je ne m'en soucie guère.

Mademoiselle d'Épernon eut envie de briser son
éventail de colère. Elle fit, au lieu de cela, une demi-
révérence et continua son chemin.

À la Cour, on s'assassine ainsi.

M. de Joyeuse la suivit; il n'osa pas rester en arrière; il respectait encore l'amour qu'il n'avait plus.
Il respectait surtout ce caractère irréprochable, si
rare toujours et partout, et si digne d'estime. Ils
allaient entrer sur la terrasse, lorsque Mademoiselle
les rejoignit.

— Ah! s'écria-t-elle étourdiment, que je suis aise!

Vous allez épouser le prince de Pologne, et moi, j'épouserai l'empereur, nous serons voisines, nous nous visiterons, nous parlerons de la France! Vous devez être très-contente.

— Sans doute, Mademoiselle.

— Mon cousin, vous ne pouvez être jaloux. Un trône, cela s'accepte toujours, ce n'est pas une rivalité.

— Vous en avez pourtant refusé plusieurs, Mademoiselle.

— Certainement; mais je suis née près du trône de France, moi, et celui-là efface l'éclat des autres. M. le cardinal vient de me raconter tout cela; ma bonne amie, vous comprenez bien, si vous êtes princesse de Pologne de son fait, que M. votre frère ne pourra plus refuser mademoiselle Martilloyze, et que nous la verrons duchesse de Candale avant l'hiver prochain.

— Est-il vrai, mademoiselle? reprit le duc de Joyeuse, d'un ton où perçait plutôt la vanité froissée que le sentiment d'une blessure de cœur.

— Il est vrai, monsieur, qu'on me propose le prince Jean-Casimir, et que...

— Et qu'elle acceptera, monsieur; retournez à mademoiselle de Guerchy et à mademoiselle d'Angoulême, si elle veut bien de vous.

Mademoiselle ne ménageait rien; elle aimait mademoiselle d'Épernon, dit-elle dans ses Mémoires, d'une tendresse sans pareille; elle fut heureuse de la venger.

M. de Joyeuse ne chercha pas à jouer la passion et le désespoir, il salua profondément sa fiancée.

— Il ne sera pas dit, mademoiselle, que je sois un obstacle à votre bonheur. Je vous le souhaite aussi grand que vous le méritez, c'est tout dire. Croyez-moi bien votre serviteur.

Pas même un instant de jalousie ou de regret, lui qui l'avait tant aimée! Il était donc changé complétement. Pourquoi? Le savait-il lui-même? Pourquoi les hommes changent-ils? Pourquoi le nuage suit-il le vent? Pourquoi les fleurs perdent-elles leur parfum? Pourquoi la tempête succède-t-elle au calme? et pourquoi l'hiver vient-il après l'été?

Mademoiselle d'Épernon sentit un manteau de glace entourer tout son être. Elle crut qu'elle allait mourir et devint d'une pâleur effrayante. Mademoiselle s'élança vivement pour la soutenir.

— Ce n'est rien, Mademoiselle; je remercie Votre Altesse royale, dit-elle avec un triste sourire.

— Ce n'est rien, effet, car vous serez reine et vous les foulerez aux pieds.

Hélas! qu'est-ce que l'orgueil et ses satisfactions auprès des douleurs de l'amour!

Cependant la pauvre affligée eut assez de force pour se contraindre; elle fit deux ou trois tours sur la terrasse avec la princesse, en suppliant celle-ci de ne pas lui parler davantage de ce qui venait d'arriver, puis elle rentra dans le cercle et y resta des dernières.

De retour chez elle, elle se fit déshabiller et renvoya ses femmes. La douleur éclata alors, elle poussa des sanglots déchirants et se jeta à genoux aux pieds de son crucifix; elle y passa la nuit entière. Dès qu'il fit jour, elle jeta une mante sur sa tête et sur ses épaules, et se rendit sans suite à la première messe, qu'elle entendit prosternée sur le pavé de l'église, les mains jointes et sans lever les yeux.

Ensuite elle rentra, calme et résignée. Ses traits avaient repris leur placide dignité, ses yeux rouges et gonflés témoignaient encore de son désespoir; quelques heures après il n'y paraissait plus.

Évidemment une grande résolution était prise.

Dans la journée, le cardinal envoya M. Colbert pour entamer les négociations des deux mariages. Mademoiselle d'Épernon ne s'opposa à rien, elle se montra soumise aux volontés de son père, sans se prononcer en aucune façon. On dut croire qu'elle

3.

acceptait, et d'autant plus qu'elle continua à rendre
ses devoirs de Cour; elle rencontra sans cesse M. de
Joyeuse, ils échangèrent ensemble des paroles indif-
férentes, comme si elle eût été aussi détachée que
lui.

Elle reçut des compliments sur son mariage, sans
s'expliquer jamais et sans les repousser néanmoins.
Sa mère lui disait :

— Vous êtes donc décidée?

— Mon père n'a pas encore répondu, madame.

Un soir, elle alla saluer Leurs Majestés à Saint-
Germain ; en l'apercevant la reine lui dit :

— Mais vous toussez beaucoup, mademoiselle,
vous avez le visage altéré; il faudrait vous soigner
et vous guérir avant de partir pour la Pologne; le
climat est mauvais, vous le savez.

— Aussi je viens demander à Votre Majesté son
agrément pour me rendre aux eaux de Bourbon,
elles me sont ordonnées par mon médecin; c'est
maintenant la saison; madame d'Épernon est prête
à m'y conduire; si Votre Majesté daigne nous en
donner congé.

— Vous ne sauriez mieux faire, partez donc; nous
vous reverrons au retour, belle et charmante comme
par le passé, et le prince de Pologne nous remerciera
doublement.

Le bruit de ce départ se répandit aussitôt; chacun vint en faire des compliments, on n'aurait eu garde d'y manquer, le vent de la faveur soufflait de ce côté-là; M. de Joyeuse parut comme les autres.

— Vous partez donc, mademoiselle?

— Avant deux jours, je l'espère, monsieur.

— Et quand reviendrez-vous?

— Jamais, répondit-elle avec le plus aimable sourire.

Il donna dans le badinage et reprit :

— Recevez donc mes adieux, mademoiselle, mes adieux éternels, et croyez-moi toujours votre fidèle mourant.

— En vérité?

— Toujours, je vous le jure; il ne tiendra qu'à vous de vous en assurer.

— Je n'y manquerai pas.

— Adieu, monsieur, poursuivit-elle, en lui tournant brusquement le dos et en passant dans une autre chambre.

Quelques instants après elle rentra chez elle; sa mère lui promit de quitter Saint-Germain le lendemain de bonne heure et Paris le jour suivant; ce qui fut exécuté sans difficultés aucunes. Excepté Mademoiselle, elles ne virent personne avant de partir, pas même le cardinal.

Mademoiselle d'Épernon fit ce voyage fort tristement; en vain la duchesse et les demoiselles suivantes essayèrent-elles de tous les moyens pour la distraire. Douce, bonne, affable, elle prodiguait à tous des paroles aimables; on l'aimait plus que jamais, sa mère s'en occupait constamment :

— Vous souffrez, mignonne, répétait-elle sans cesse.

— Non, madame, je pense.

Elles arrivèrent à Moulins un soir, et le jour suivant, elles allèrent voir la duchesse de Montmorency, qui s'était retirée à la Visitation où elle avait fait élever le magnifique tombeau, qui existe encore, à la mémoire de son mari, décapité à Toulouse, par ordre du cardinal de Richelieu.

Elles furent reçues avec empressement. La recluse n'était pas tellement séparée du monde qu'elle n'en apprît les nouvelles.

— Vous vous marierez au retour de Bourbon, mademoiselle, n'est-il pas vrai? demanda-t-elle.

— Tout le monde l'assure, madame, mais je n'en crois rien.

Madame de Montmorency vanta beaucoup la vie du cloître et le parti qu'elle avait adopté.

— Vous devez être en effet très-heureuse, madame, vous êtes très-mondaine encore pourtant.

— C'est ce qui charme nos novices.

— Madame, si j'avais l'honneur de l'être, je voudrais plus de recueillement.

— Vous entreriez aux Carmélites alors; il faut pour cela une vocation.

— Dieu la donne, madame.

Le soir, après le souper, avant de rentrer chez elle, mademoiselle d'Épernon embrassa madame sa mère, ce qu'elle ne faisait jamais; ensuite elle appela dans sa chambre une de ses suivantes favorites, fille très-pieuse, qui, depuis longtemps, parlait d'entrer en religion, et qui n'attendait que le moment d'exécuter son projet.

— Marion, fit-elle, tu es toujours décidée à te mettre au couvent?

— Plus que jamais, mademoiselle.

— Veux-tu m'y suivre demain matin, je vais m'y jeter dès qu'on aura sonné les premières vêpres.

— Vous, mademoiselle!

— Oui, je suis attendue ici, aux Carmélites, j'ai écrit dès longtemps; je savais bien qu'on ne me recevrait pas dans le gouvernement de mon père, qui serait venu m'en arracher, ni même à Paris, où un ordre de la reine pouvait en ouvrir les portes. Ici, c'est trop loin, on n'y pensera pas.

— Et madame la duchesse, mademoiselle? vous
n'y pensez pas.

— Ma mère sait que c'est mon bonheur, que je ne
pourrais plus vivre dans le monde après ce que j'ai
perdu, elle ne s'y opposera pas. Ah! rien ne me
coûtera en comparaison de ce que m'ont coûté les
derniers moments passés à la Cour, lorsque j'étais
obligée de le voir sans cesse et de me montrer indifférente; lorsque surtout je lui ai dit adieu en souriant,
et qu'il n'a pas deviné mes larmes sous ce sourire.
Nous prendrons l'habit dès demain, ce sera fait, on
ne s'en pourra plus dédire après.

Marion la supplia d'attendre au moins : tout fut
inutile, alors elle déclara qu'elle ne la quitterait
point.

Toutes les deux partirent sans être vues. Mademoiselle d'Épernon laissa un mot à sa mère, où elle
lui mandait qu'elle allait passer la journée en dévo-
tion, qu'on ne fût pas inquiet d'elle.

Les religieuses reçurent la belle néophyte avec des
transports de joie. On chanta une grand'messe, elle
prit l'habit et ses beaux cheveux tombèrent sous le
ciseau. Le soir, elle écrivit à la duchesse ce qu'elle
avait fait, et la pria de venir la voir; celle-ci arriva
éperdue. On la reçut derrière la grille; elle versa des
torrents de larmes; mais ni prières, ni menaces, ne

purent rien obtenir de la jeune fille, elle était décidée irrévocablement.

— Ma mère, dit-elle, j'ai aimé un homme, je le lui ai avoué, il m'a trahie; mais je ne puis accepter l'amour d'un autre; je ne puis promettre à un autre la foi que je lui avais jurée. Trop heureuse que Dieu veuille bien accepter le reste de mon cœur et me pardonner de l'avoir détourné de lui.

Le même soir, elle écrivit à la reine :

« Madame,

» Votre Majesté a daigné songer à me donner un trône, je suis maintenant au-dessus de tous les trônes de l'univers, je suis l'épouse du roi des rois. Je prierai pour vous et pour le roi Louis XIV. Dieu puisse-t-il lui accorder un long et glorieux règne! et à Votre Majesté un bonheur aussi grand que le mien. »

Elle adressa aussi différentes lettres au cardinal, à son père, à Mademoiselle. Partout elle parlait de sa résolution inébranlable et des joies sans mélange qui l'attendaient.

On ne l'inquiéta pas. Le duc d'Épernon s'occupait de défendre Bordeaux qu'on voulait lui enlever; la reine et le cardinal commençaient à tenir tête à la

Fronde. Lorsqu'elle eut prononcé ses vœux, mademoiselle d'Épernon consentit à revenir à Paris, aux Grandes-Carmélites. Elle vivait encore lorsque plus tard, bien plus tard, elle y vit arriver mademoiselle de la Vallière, jetée, comme elle, par l'amour, dans les bras de Dieu.

Elle observa la règle dans la plus stricte rigueur, ne vit au parloir que sa famille et Mademoiselle, s'efforçant de cacher même l'attachement qu'elle leur conservait. Elle mourut fort âgée, après une vie d'austérité et de privations; plus heureuse que dans les splendeurs où elle était née, elle oublia le monde et ses déceptions, pour se donner sans regrets à celui qui ne trompe pas, et dont l'amour est inépuisable comme sa tendresse et sa bonté.

OU LE VENT NOUS MÈNE

I

A vingt ans, je sortais de l'École militaire, j'étais venu à Poitiers, chez mes parents, pour y passer quelques mois, avant de me rendre au régiment désigné par le ministre. Ma bonne mère, qui depuis tant d'années était privée de son fils, voulait s'en emparer complétement. Elle cherchait à me distraire de mille façons, et me laissait rarement seul, sans penser qu'un jeune homme de mon âge a souvent besoin de solitude, qu'il éprouve des douceurs infinies à rêver en face de la nature, à se créer dans ces rêves un avenir que la réalité lui accorde bien rarement, hélas ! du moins, il en a joui pendant ces instants où la jeunesse confond ses désirs avec la vérité qu'elle ignore.

C'était ainsi de mon temps ; aujourd'hui, à quinze ans, on est positif, on l'est plus tôt même. Je n'en veux pour preuve qu'une conversation entre une mère et son fils *de huit ans*, qu'un témoin auriculaire m'a rapportée l'autre jour, la voici :

Les parents de ce jeune philosophe venaient de vendre une maison très-avantageusement. En allant voir son fils à la pension, la mère lui raconta le fait, se louant beaucoup du sort qui les avait si bien servis.

L'enfant ne disait mot.

— Tu n'as pas l'air content, reprit la dame.

— C'est qu'en effet je ne le suis pas.

— Pourquoi donc ?

— Je suis désolé qu'on ait vendu la maison.

— Allons donc, un marché semblable !

— C'est égal. L'argent, cela se dépense, la maison reste ; j'aime mieux la maison.

A huit ans !

Jugez ce que promet à la fin de ce siècle une génération si calculatrice. Celle d'aujourd'hui pourra passer pour généreuse, en comparaison, et Dieu sait !

Nous n'étions point ainsi, je vous l'assure.

J'avais entendu dire que mes parents étaient riches, le train de la maison me le prouvait, mais je ne m'en inquiétais guère, et si l'on m'avait demandé en quoi consistait leur fortune, si elle était en terres ou en rentes, j'aurais été bien embarrassé de le dire. Je connaissais notre maison de la place Saint-Hilaire, la vue était superbe, le jardin descendait jusqu'à la rivière. Je connaissais encore le charmant petit château assis sur la colline, dominant la Boivre et ses bords enchantés : je savais que les bois avaient de frais ombrages, qu'au printemps on y cueillait des violettes et des primevères, qu'en été on y pouvait dormir sur des lits de mousse, et qu'en automne on y ramassait ces jolies oranges, enveloppées de leurs chemises blanches, dont le goût parfumé est si suave.

Je savais que l'hiver les pauvres gens y venaient ramasser du bois, avec la permission de mon père et de ma mère, bienfaiteurs des environs et qui, dès mon plus bas âge, m'avaient appris que Dieu ne nous prête que pour donner.

Hors de cela, j'ignorais tout.

Cette année de ma sortie de l'École, j'étais un homme, un officier, mon père me donna un fort beau et bon fusil de chasse, un chien d'arrêt superbe,

qui s'appelait *Brave* et qui méritait son nom, puis
il me dit, en me conduisant à la Baudière ;

— Mon cher enfant, tout ce qui t'entoure est à
nous, et sera à toi un jour. Tu dois aimer la chasse,
voici des bois, des champs à perte de vue qui nous
appartiennent, tu en es le roi; depuis plus de dix
ans on n'y a pas tiré un coup de fusil, j'ai fait soigneusement garder le gibier pour toi, il foisonne, va
donc à ta guise. Je te laisse entièrement libre ici.
J'ai décidé ma femme à n'y pas venir cette année,
pour te faire la place nette. Tu peux y amener tes
camarades, y faire de joyeuses parties, en te souve-
nant pourtant que c'est la maison de ta mère, et
qu'il faut la respecter. Selon moi, un garçon de ton
âge doit être livré à lui-même, surtout quand l'œil
paternel peut encore le suivre, il acquiert ainsi de
l'expérience, et il se fait une idée juste de la vie, au
lieu d'y marcher en aveugle. Mes parents en ont agi
ainsi envers moi, et je m'en suis toujours bien
trouvé, il en sera de même de toi.

Je remerciai chaudement mon père ; cette liberté,
cette possession anticipée me charmaient. Je n'avais
pas beaucoup de camarades, on m'avait éloigné très-
jeune du pays pour me mettre au collège à Paris, de
là à l'École militaire ; mais j'étais assez avancé pour
savoir que j'aurais bientôt plus d'amis qu'il n'en fal-

lait, avec une semblable perspective à leur offrir

Fils unique adoré, on me donnait autant d'argent que je voulais, et je n'avais jamais connu l'ombre d'une privation.

La vie se présentait donc à moi comme un vaste jardin où je n'avais que des roses à cueillir, on prenait même la précaution d'en arracher les épines.

Avant de conduire personne à *mon château*, je voulus y passer deux jours de solitude, pour me bien convaincre qu'il m'était cédé et que ma mère avait enfin consenti à me laisser chercher un peu les divertissements de mon âge, sans les partager avec moi.

On me laissa partir sans la moindre objection. J'avais à la campagne, pour me servir, la concierge et son mari, deux vieux domestiques qui trouvaient là leurs invalides. Ils me chérissaient, bien entendu. La femme était un cordon bleu, et le mari un excellent valet de chambre, formé à l'école de mon aïeul, un des courtisans les plus raffinés et des plus élégants de Versailles, sous le malheureux Louis XVI et cette belle reine, que beaucoup de gens prirent en haine pour l'avoir trop aimée inutilement.

Tout était donc à souhait : j'avais Madelon et Frontin, il ne me manquait plus que les convives.

Ce jour-là, en arrivant à la Raudière, je visitai du

haut en bas la maison et les jardins, le soleil se cou-
chait déjà, nous n'étions qu'à deux lieues de la villa;
mais j'étais venu au pas de mon cheval, le laissant
même brouter les haies dans les sentiers fleuris, prenant le plus long pour faire plus de détours et mieux
admirer le paysage sous toutes ses faces. Je rentrai
à la nuit, je dînai seul d'une façon exquise, et puis
j'allai m'asseoir sur la terrasse, devant la bibliothè-
que, où j'avais établi mon quartier-général.

Je découvrais tout le pays, je suivais les sinuosités
de la petite rivière, bordée d'une ceinture de collines ravissantes; le silence se faisait autour de moi,
j'entendais pourtant le gazouillement des oiseaux,
qui saluaient le jour prêt à finir, et dans le lointain
la chanson d'un pâtre, qui ramenait son troupeau à
l'étable. Ses moutons et lui paraissaient alternative-
ment à travers les éclaircies d'une jeune futaie, et
son chien essayait quelques joyeux aboiements que
Brave, couché à mes pieds, répétait en écho.

Bientôt ces bruits même cessèrent, l'ombre descendit lentement, pendant qu'une vapeur transpa-
rente s'élevait au dessus de la Boivre. Je songeais
vaguement, j'admirais, mon cœur était vide et mon
imagination seule me présentait des chimères.

Une petite lumière que j'aperçus en face de moi,
à travers les feuilles, attira mon intention. Il ne me

semblait pas qu'il y eût à cette place ni village, ni
métairie. J'appelai Frontin, — je lui laisse le nom
que je lui avais donné, — et je lui demandai qui
habitait *en ce lieu sauvage*, comme dans les opéras
comiques.

Il me répondit que c'était une *borderie* appartenant
à mon père et déjà louée à un homme de Berruges,
bien qu'elle n'eût été construite que l'année précédente.

— Tout y prospère, ajouta-t-il, et cet homme-là
n'a qu'à parler pour commander au temps. *Ils disent*
qu'il a été la nuit dans la *Merlusine*, et que depuis ce
temps-là il fait ce qu'il veut de ses terres. *Ils disent*
bien autre chose.

Cette locution *ils disent* est le *on dit* du pays, le
verbe conjugué à un temps défini; une *borderie* est
une sous-métairie, et quant à la merlusine, cela
demande une plus longue explication :

Mellusine la magicienne, cette princesse de Lusignan, qui cria si haut, suivant la légende, a laissé
de profonds souvenirs en Poitou. Le peuple et les
paysans appellent toutes les ruines des *merlusines*.
Les habitants de Berruges, petit bourg situé non loin
de là, y ont plus de droits que les autres. La fée a
véritablement habité le château dont il ne reste plus
qu'une tour, elle venait s'y réfugier pour chercher la

solitude et préparer ses enchantements avec plus de tranquillité que dans le vaste manoir de Lusignan, demeure princière, rendez-vous de toute la province.

Cette insinuation de Frontin : *ils disent bien autre chose*, devait nécessairement piquer ma curiosité oisive, je n'eus besoin que de le lancer sur la piste, il ne demandait pas mieux que de s'expliquer.

— Eh bien, monsieur, ils disent que la Mellusine a mis toute une légion de diables au service de ce bordier, et qu'ils sont là pour exécuter les ordres qu'il donne.

— Le bordier ! quel homme est-ce donc que celui-là ?

— Ma foi, monsieur, c'est un brave homme tout de même, quoique endiablé. Il n'y a jamais un liard d'erreur avec lui, il est exact à l'heure et à la minute. Il a des poules, ah ! quelles poules !

— Ce sont peut-être des diablesses. Quelqu'un a-t-il vu les lutins qu'il commande ?

— On les voit tous les jours, monsieur, ils ont de drôles de zallures, allez ! tantôt ils courent à cheval, en casse-cou ; le lendemain c'en est un autre habillé en grande dame, qui se promène avec un livre le long du ruisseau. Puis le jour suivant, on voit sortir de la borderie une jolie fille en jupon court, qui va

cueillir des champignons dans les bois. Dès l'aube,
c'en est un autre qui part le fusil sur l'épaule et qui
revient chargé de gibier; ils sont au moins sept ou
huit là-dedans, tous différents. Ils chantent le soir
avec des voix flûtées qui font pleurer; *ils jouent de
la musique* quelquefois jusqu'à minuit; si le vent en
venait, vous les entendriez bien; enfin, c'est un
tartail que personne n'y comprend goutte aux alen-
tours.

Frontin, on le voit, avait un peu perdu le beau
langage et les habitudes de sa jeunesse, il devenait
paysan. *Tartail* est un mot de patois intraduisible,
il signifie bruit, mouvement, tapage inusité, sabbat
peut-être.

— Je veux aller voir ces diables-là, parbleu! demain matin ils auront ma première visite, je les
prendrai au saut du lit.

— Vous ne les prendrez pas, monsieur, sous votre
respect, personne n'entre à la borderie, Méline reçoit tous ceux qui ont affaire à lui dans un fournil,
qu'il a arrangé en chambre, mais pour ailleurs,
point. M. le curé de Berruges est le seul qui y pé-
-nètre.

— Si M. le curé y entre, il n'y a pas de diables
apparemment, il saurait bien les exorciser. Les as-
tu vus, toi, ces diables?

4.

— Comme je vous vois, monsieur, et plus de cinquante fois.

— Ils ont des figures horribles ?

— Non pas, monsieur, les hypocrites ! ils ont des figures délicieuses, et si douces, si franches, si gaies ! on y serait pris. Dès qu'ils sont passés, je fais le signe de la croix, pour éviter les tentations.

— Tout cela est bien étrange. Tu as beau dire, j'irai, je les guetterai s'il le faut et je leur parlerai, il faudra bien qu'ils me répondent.

— *Nenni dà*, monsieur, si cela ne leur plaît pas, vous n'en tirerez pas un mot. Si cela leur plaît, ils vous feront une conversation d'une aune. Ils sont bien fantasques, je vous le jure.

Il me quitta sur cette assurance. Resté seul, je pensai malgré moi aux lutins et je prêtai l'oreille, j'aurais bien voulu les entendre. Il me sembla qu'un son mélodieux et plaintif arrivait jusqu'à moi, lorsque la nuit eut étendu ses voiles et son silence sur le paysage, mais c'était si peu sensible, que mon imagination pouvait bien les créer.

Je n'en décidai pas moins que je me mettrais en quête dès l'aube, et que les farfadets seraient bien malins s'ils parvenaient à m'échapper.

II

L'aurore à peine paraissait à l'horizon que j'étais debout. J'ouvris ma fenêtre, afin de mieux jouir de cette scène délicieuse : un matin à la campagne, dans un pays tel que celui-là.

Les vapeurs commençaient à s'abaisser; néanmoins la vallée était encore couverte d'une gaze, les collines s'éclairaient, au contraire; les fleurs entr'ouvraient leurs corolles, et leurs parfums montaient comme un encens vers l'astre régénérateur.

Déjà quelque mouvement se faisait dans la campagne, la fumée s'envolait en spirales à travers les feuilles, la borderie mystérieuse surtout était bien éveillée, les beuglements des vaches sortant de l'étable, annonçaient qu'on se préparait à les conduire aux champs. C'était peut-être ce jour-là l'office des lutins travailleurs; je courais donc risque de les manquer, si je ne me hâtais pas. Je fis promptement ma toilette, bien qu'avec une certaine coquetterie, les jolis diables méritaient bien cela, et jetant mon fusil sur mon épaule, précédé de Brave, qui s'en

allait gambadant devant moi, je m'élançai dans le
jardin, franchissant les gazons et les massifs, afin
de ne pas perdre de temps. J'arrivai ainsi à une de
ces fortes haies qui, très-souvent, servent de clô-
ture en ces pays d'honnêteté, et donnant mauvais
exemple aux voleurs, je la franchis, sans m'inquiéter
de Brave, qui passa je ne sais où, mais qui m'eut
bientôt rattrapé.

La fameuse maison n'était plus qu'à cent pas
devant moi, une prairie et un verger m'en sépa-
raient seuls. Je fus frappé d'un aspect d'ordre, de
propreté, j'allais dire d'élégance, inconnu à nos
cultivateurs. Un ruisseau serpentait à travers le
gazon, et ses bords fleuris, tapissés de mousses et
de violettes, semblaient entretenus comme un par-
terre. Dans le verger, on avait planté de la vigne à
la manière italienne, et ses branches soigneusement
relevées formaient des guirlandes d'un arbre à
l'autre.

Le petit logis, bien badigeonné, étalait ses volets
verts et son toit d'ardoises au milieu de tout cela.
Je n'en pouvais pas revenir. Comment mon père
avait-il bâti une maison de cette espèce pour y
placer des gens grossiers et peu soigneux? Évidemment il y avait là-dessous quelque sortilége et
ma curiosité était plus éveillée que jamais.

J'avançai résolument par un sentier qui suivait la haie, je me serais reproché de marcher sur ce gazon si frais, que les pas de gazelles auraient dû seuls fouler.

Quand j'arrivai près de la borderie, deux chiens de berger de haute taille s'élancèrent vers moi en aboyant; Brave n'était pas capable de laisser insulter son maître, une bataille était inévitable, lorsque la voix douce et traînante d'une jeune fille se fit entendre et rappela les agresseurs; ils obéirent sur-le-champ. En même temps celle qui avait parlé se montrait dans le cadre d'un portail en bois, qui donnait entrée dans la cour, remplie de bestiaux.

C'était une très-jeune fille, de seize ans tout au plus, vêtue de toile grise des pieds à la tête. Elle portait ce que l'on pourrait appeler des haillons propres. Ses habits, raccommodés grossièrement sentaient la misère, mais une misère combattue. Elle était d'une beauté idéale, une beauté de vierge ou de statue grecque. Ses cheveux, réunis et relevés derrière dans ce que l'on appelle en Poitou un *caillou*, sorte de bonnet collant en indienne, avaient cette teinte particulière que leur donne le soleil; les mèches de dessus étaient d'un ton bien plus doré que celles de dessous;

4.

Sa peau blanche était roussie et hâlée, elle se rapprochait presque de la couleur de sa chevelure ; ses yeux noirs, frangés de cils noirs aussi, avaient un éclat et une forme incomparable, ses dents étincelaient et ses lèvres de corail se jouaient dans un sourire qui ne manquait pas de malice.

— Taisez-vous donc, mes chiens, êtes-vous fous ! c'est le maître, reprit-elle, il a bien le droit d'entrer céans, c'est chez lui.

— Vous me connaissez, ma belle enfant ? demandai-je tout étonné.

— Bonnes gens ! si je ne connaissais pas M. Léonce ! qui ne le connaît pas dans le pays ?

— J'arrive à peine... Vous êtes la fille de Méline, ma petite.

— Non, monsieur, non, je suis la beurgère, et voilà tout, c'est-à-dire la vôtre au moins.

Je la regardai tout étonné, il y avait dans cette fille quelque chose d'étrange, peut-être était-ce un des farfadets.

— Je voudrais le voir, Méline, repris-je en avançant dans la cour et en marchant vers le bâtiment principal.

La bergère se mit devant moi et me barra le passage.

— Ce sera bien de l'honneur pour M. Méline,

monsieur, mais il ne se tient pas par là, c'est à
gauche. Dans le logis il n'y a qu'une personne malade, elle dort en ce moment. Suivez-moi, monsieur.

Je ne crus pas devoir l'interroger sur ce mystère
et sur cette façon de m'interdire l'entrée d'une
maison qui, après tout, m'appartenait. Je la suivis,
non sans retourner la tête vers les trois fenêtres
hermétiquement closes par des volets verts.

Je ne vis rien remuer, rien paraître.

Elle m'introduisit dans une pièce assez grande,
carrelée, blanchie à la chaux, munie d'une cheminée de pierre. Elle avait pour tout meuble un bu-
reau de bois noir couvert de papiers, un fauteuil de
cuir, deux ou trois grossières chaises de paille. Sur
la cheminée, le premier objet qui frappa mes yeux
fut un délicieux coffret en galuchat, trois émaux du
plus grand prix étaient incrustés sur la couverture ;
ils représentaient des femmes poudrées, habillées en
nymphes et en bergère, montrant leurs grâces. Chaque médaillon avait un cercle d'or, surmonté d'une
couronne héraldique et admirablement travaillé.

Je vis tout cela d'un coup d'œil rapide ; ma con-
ductrice s'aperçut que je le remarquais, elle s'empara vivement de la boîte et la cacha dans les plis
de son tablier.

—Attendez un peu, not' monsieur, le maître Meline va venir.

Elle disparut avec la rapidité de l'éclair, me laissant un sujet de réflexions très-piquantes, par ce bijou qu'elle emportait et qui me semblait si mal placé au milieu de ce que je voyais. Je n'eus pas le temps de m'y livrer, toutefois, le bordier parut presque sur-le-champ, son bonnet de coton à la main et me faisant force excuses, avec des révérences non moins nombreuses.

C'était un homme de quarante ans à peu près, son visage intelligent respirait une bonhomie simple, jamais on ne ressembla moins à un sorcier. Il portait l'ancien costume du pays, aussi propre et aussi neuf que s'il allait jouer l'opéra-comique; il est vrai que c'était dimanche et qu'il comptait sans doute se rendre à la messe de Berruges ou de Vouneuil.

Sur une culotte courte de drap bleu de ciel, de longues guêtres de toile blanche se rattachaient au-dessus du genou par des jarretières rouges. Une veste, un long gilet pareil aux guêtres, descendait jusqu'à la naissance des cuisses, un habit de drap bleu de ciel terminait cette toilette, surmontée d'un grand chapeau rond, à larges bords, entouré de rubans de couleurs. Le bordier l'ôta en m'apercevant.

— Ah! monsieur Léonce, faites excuse, je ne vous attendais pas chez moi et si matin encore. Voulez-vous un petit verre de pineau pour vous rafraîchir, ce sera bien de l'honneur pour moi.

— Merci, merci, maître Meline, je suis passé par ici, en allant à la chasse, et, comme j'ai entendu dire que la maîtresse Meline était malade, j'ai voulu savoir de ses nouvelles ce matin.

Il ouvrit de grands yeux étonnés, puis se mit à rire :

— La maîtresse Meline, monsieur! C'est une erreur, faites excuse, elle n'est point malade, puisqu'il n'y en a point.

— Je devins rouge comme si j'avais été pris en faute.

— Vous n'êtes pas marié? Que m'avait donc chanté Frontin alors? Il y a pourtant quelqu'un de malade chez vous?

— Non, monsieur, grâce à Dieu, bêtes et gens se portent bien ici. Bonnes gens! il ne manquerait plus que de les voir malades, pour payer le médecin et le vétérinaire, les fermages sont bien assez chers déjà.

Je profitai de l'ouverture et je me mis à causer de la borderie, c'était une manière de rester; je cherchai dans ma mémoire les mots d'agriculture

que j'avais entendu prononcer, je les empilai les uns
sur les autres, afin de me donner un air capable et
d'étonner mon homme par ma science; il me sembla
le voir sourire, au contraire. J'en fus irrité au point
de ne pouvoir me taire :

— Vous ne comprenez rien à ce nouveau genre de
culture, ajoutai-je vivement, vous avez toujours ici
vos mêmes routines; le progrès ne marche pas en
Poitou.

— M'est avis, monsieur, que nos bœufs marchent
aussi bien que vos machines, et je les défie de faire
du meilleur blé que celui livré par moi à M. le marquis, il y a quinze jours.

Je me sentis battu, j'en pris de l'humeur et je
sortis brusquement; Meline me suivit. J'étais au milieu de la cour et je m'y arrêtai. Les bestiaux et la
jeune fille étaient partis.

— Vous avez là une jolie maison, maître, pourquoi ne l'habitez-vous pas?

— Parce que je l'ai louée, monsieur.

— Vous ne le pouvez pas sans la permission de
mon père.

— Aussi l'ai-je obtenue, monsieur.

— Mon père ne m'en a rien dit.

— M. le marquis est trop *ancien*, m'est avis, pour
prendre conseil d'un beau jeune monsieur comme

vous, c'était pas la mode en son temps. Pardonnez-
moi, monsieur, mon hardiesse, mais je suis né sur
vos terres, et mes pères et moi avons été toujours
à votre service, ça nous donne le droit de *pérorer* ça
qui ne nous plaît pas.

Je ne pus m'empêcher de rire; c'était le bon parti,
je me sentais parfaitement ridicule, je n'avais qu'à
quitter la place, battu sur tous les points.

— Adieu, maître, dis-je. Je reviendrai un autre
jour.

— Quand il vous plaira, monsieur. Tenez, si vous
allez au bois, passez par cette porte, c'est bien plus
court.

Il me montra le chemin, je sifflai Brave, je saluai
légèrement le hordier et je m'éloignai d'un bon pas.

Lorsque je fus hors de vue, je m'arrêtai. J'étais
furieux, j'étais piqué au jeu; je sentais le mystère
partout dans cette maison et je n'avais rien décou-
vert, et l'adresse d'un rustre et d'une gardeuse de
vaches avait triomphé de mon intelligence. C'était
profondément humiliant pour l'École et pour moi.

— Parbleu, dis-je, j'aurai ma revanche.

Là, sans réfléchir davantage, je quittai le chemin,
m'enfonçai au milieu du fourré; je revins sur
mes pas jusqu'à un bouquet d'arbres que j'avais
remarqué en arrivant et qui dominait la cour de la

borderie. Je me cachai bien derrière les branches, je
fis coucher Brave à mes pieds et j'attendis. On ne
pouvait ni entrer, ni sortir sans que je le visse. J'aurais bien du malheur si tous les farfadets s'obsti-
naient à rester au lit ce matin-là.

Au bout d'une demi-heure, je commençais à
m'impatienter, lorsque je vis ouvrir tout doucement
un des volets verts tourné justement en face de moi.
Je crus rêver; la femme qui le poussait était coiffée
en poudre, comme les émaux de la boîte; elle était
belle, mais belle! j'en fus ébloui; tout le reste de
son costume, ce que j'en vis du moins, répondait à
sa coiffure. Son habit, de magnifique brocard bleu à
bouquets de roses, s'ouvrait sur du satin blanc. Des
diamants étincelaient à son cou et à ses oreilles,
mais sa physionomie exprimait une tristesse profonde, une de ces tristesses de l'Écriture, qui ne veu-
lent pas être consolées. Elle resta un instant à la
fenêtre, comme si elle eût deviné qu'on l'examinait;
puis elle tourna vers le ciel un regard plein de mélancolie et de douleur, presque de révolte, on aurait
pu croire qu'elle l'accusait.

La fenêtre se referma ensuite lentement.

Ce fut comme une apparition, vous le comprenez.
Je me demandai si j'avais bien vu, si cette femme
était réelle, si elle était vêtue comme un portrait

de famille, si elle était aussi belle que mon arrière-grand'mère, dont j'étais presque amoureux. Je me frottais les yeux, lorsqu'une nouvelle certitude me fut donnée; ce fut au tour de la porte de s'ouvrir, je vis la même grande dame s'avancer dans la cour en regardant soigneusement autour d'elle.

Parvenue au milieu, elle s'arrêta et appela Méline à plusieurs reprises.

En ce moment, Brave, auquel je ne faisais pas attention, entendant cette voix inconnue, s'élança hors de notre cachette; en deux bonds il eut franchi la distance, et ses aboiements répétés firent jeter à la belle un cri de surprise; elle ne disparut cependant pas. — Je sentis la nécessité de me montrer.

III

En m'apercevant, elle resta tout aussi stupéfaite que moi, et ne pensa à s'enfuir que lorsqu'il ne fut plus temps. Je l'avais vue, et bien vue, assez vue pour la reconnaître et pour la trouver belle à miracle, malgré son diable d'accoutrement qui en

5

plein jour, dans la cour d'une ferme, au milieu de paysans, avait bien la plus singulière apparence qui se puisse imaginer.

Je la saluai le plus gauchement possible, elle me le rendit plus gauchement encore et se précipita brusquement vers la maison, qu'elle venait de quitter. Je restai debout, à la même place, Meline était accouru au bruit et me regardait ébahi; Brave aboyait toujours.

Je revins à moi pourtant, je balbutiai quelques mots à notre bordier, qui ne savait que dire; mais je voulais l'explication du fait. J'avais déjà vu deux diables, il me fallait les autres, il me fallait savoir ce qui se passait d'insolite dans ce nid de mystères, et j'étais fort résolu à ne pas m'en aller auparavant.

— Quelle est cette dame? demandai-je.

— C'est ma locataire, monsieur.

— Comment s'appelle-t-elle?

— Mamzelle Aurore.

— Après.

— C'est tout, monsieur.

— Comment, c'est tout! et son nom de famille?

— Je ne sais pas, monsieur.

— Vous ne savez pas le nom de votre locataire?

— Non, monsieur.

— C'est impossible, elle a dû vous le dire, vous avez passé quelque écrit.

— Pas avec elle.

— Avec qui donc?

— Je l'ai raconté avec M. le marquis, monsieur, et il l'a trouvé bon.

— Ah!

Cette façon de me rappeler à l'ordre m'était particulièrement désagréable; je n'avais pourtant rien à répondre.

— Si M. le marquis juge à propos de le confier à monsieur, monsieur le saura, ce ne sont pas mes affaires.

Impatienté, je lui tournai le dos. Je m'en allai en colère, ma curiosité me fit revenir sur mes pas.

— Ne puis-je voir cette jeune dame?

— Je ne le pense pas, monsieur, elle ne reçoit personne.

— C'est sans doute une comédienne qui répète son rôle?

— Ah! monsieur, une comédienne! répéta-t-il d'un ton de reproche, et comme si j'eusse commis un sacrilége.

— Alors c'est une folle, ce qui est encore pis. Et quelle est cette jeune fille, que j'ai vue d'abord, qui est, ma foi ! presque aussi jolie que l'autre, bien qu'elle ait des vêtements de guenilles ?

— Celle-là, c'est Gonde, ma bergère et ma servante.

— Ah ! vraiment ! vous aimez les jolies filles, Meline, mon ami.

Le paysan me jeta un regard qui m'aurait fait rentrer sous terre. Je rougis malgré moi, j'avais eu là une vilaine pensée ; je m'oubliais vis-à-vis d'un serviteur de mes parents.

J'en eus honte et, en enfant gâté que j'étais, je ne sus pas réparer mon tort ; je recommençai ma sortie intempestive, je retournai par la sortie du bois, suivi de mon chien et décidé à faire payer au gibier les maladresses de ma matinée.

Meline eut le tact de ne pas me suivre et de ne rien ajouter. Je marchai d'un pas rapide ; un quart d'heure après j'étais loin, je m'enfonçai dans les bois qui dominent la Boivre, et je tirai à tort et à travers. Je ne tuai que quelques oiseaux qui n'en pouvaient mais, j'eus le plaisir de tirer ma poudre en l'air et de faire du bruit.

Vers les quatre heures de l'après-midi, je m'en revenais harrassé, n'ayant mangé que l'en-cas de ma carnassière, un morceau de pain sec, la tête basse, et très-résolu à voir mon père, à tirer de lui le secret de cette borderie. J'étais dans le chemin, au bord de la rivière, j'entendis venir derrière moi un cheval, je me retournai, la route faisait un coude, je ne pus rien distinguer; mais tout à coup, au tournant, m'apparut une femme, montée sur une belle jument grise; elle était en habit de nankin, avec un chapeau gris, une plume, un voile vert, des cheveux noirs, je vis tout cela comme une apparition, sans pouvoir distinguer les détails; elle passa comme une flèche.

Troisième diable!

Décidément Frontin avait raison. Cette maison était un nid de sorciers.

Je hâtai le pas, non pas dans l'espoir de rejoindre cette belle vision, mais pour la suivre; j'arrivai bientôt près de la borderie. Au moment d'y entrer, je découvris, suspendu à une branche, le voile vert qui, tout à l'heure, s'enfuyait si vite; je m'en emparai. C'était un voile comme tous les autres, et le démon n'y avait imprimé aucuns signes.

Avant de traverser la cour pour rentrer chez moi, je regardai, tout était tranquille : le cheval était rentré à l'écurie, je l'entrevoyais par la porte ouverte, on le bouchonnait probablement, bien que nul ne parlât, il y avait assurément quelqu'un avec lui. La maison était fermée et le cabinet de Meline aussi. Je n'avais aucun prétexte pour y entrer, je fus donc forcé de retourner vers ma maison, pestant en moi-même de n'être pas plus instruit que quand je l'avais quittée.

Je gravissais le sentier qui conduisait au parc, j'entendis au-dessous de moi, sur la colline, au milieu des buissons, une voix pleine de douceur, qui chantait, sur un air champêtre et monotone, cette chanson patoise et naïve :

> C'est l'autre jour après vêpres,
> Qu'y la visit au sermon.
> Dès que je l'*eut* aperçue,
> Y me sentit je n'sais quoi.
> Y ne l'avais jamais vue,
> Avant la première fois!

Ceci est de la force de M. de la Palisse.

Cette voix était celle d'une jeune fille, je m'arrêtai ; c'était peut-être encore une édition du diable. Elle commença le second couplet :

> Dret au sortir de l'église,
> Je v'li lui donner de l'eau bénite,
> V'la que j'mencouru ben vîte,
> Dret au bénitier du coin.
> J'l'en eussions ben donné sans doute,
> C'est qu'o n'y en avait point.

La rime était de plus en plus riche, mais la voix de plus en plus douce. Elle approchait, donc la chanteuse montait vers moi. Le troisième couplet fut chanté tout près, de l'autre côté de la haie, formant le zigzag.

> Quand elle fut hors la chapelle,
> J'voulus lui donner la main.
> A passit par une rue
> Toute bordée de bâtiments,
> Al entrit par une porte,
> Qu'alle ouvrit auparavant.

Le dernier vers de chaque couplet se répétait deux fois, d'un air d'affirmation incroyable. J'attendais pour voir la musicienne; les deux chiens du troupeau de Meline débouchèrent précipitamment et ne me laissèrent plus de doute, c'était Gonde. Elle les suivait de près, et en me retrouvant là, comme à point nommé, elle se montra contrariée et fit un mouvement pour retourner en arrière. Ses moutons la suivaient.

— Ne vous en allez pas, Gonde, dis-je. Pourquoi avoir peur de moi?

— Je n'ai pas peur de vous, not' monsieur, mais j'ai oublié mon fuseau en bas, j'allais retourner le chercher, pour ne pas être grondée par le maître.

— Votre fuseau! et depuis quand travaillez-vous

le dimanche? Vous êtes donc tous des mécréants à la borderie?

— Jésus-Dieu! des mécréants, qu'est-ce que cela, mon Dieu? répondit-t-elle, en faisant le signe de la croix.

— Vous n'êtes donc pas un diable, Gonde?

— Ah! monsieur, vous v'là donc comme les gens du pays, qui sont si bêtes!

Elle se mit à rire de bon cœur, je profitai de sa disposition; la glace était rompue, j'espérai la faire parler.

— Gonde, veux-tu gagner des pendants et une croix d'or?

Elle leva sur moi son grand œil, plein d'indécision, de désir et de crainte.

— Ah! monsieur, ne me parlez pas pour me mener à mal, je n'y veux point aller.

— Je ne compte pas te mener à mal, Gonde, quoique tu en vailles bien la peine. Je voudrais savoir qui est cette belle demoiselle, avec des cheveux poudrés, et aussi quelle est l'intrépide amazone qui se cache si bien chez maître Meline?

Gonde me regarda encore un instant sans parler, puis elle se mit à rire, mais à rire, comme si elle avait des convulsions. Et puis elle reprit sa marche, riant toujours, et me faisant signe qu'elle ne pouvait s'en empêcher. Je devais être parfaitement ridicule, en ce moment, je le sentis et j'eus un mouvement de colère.

— Tu parleras ! m'écriai-je, en la retenant par le bras.

— Mais, monsieur... mais, monsieur...

— Réponds, qui sont-elles ? Morbleu !

L'enfant riait et pleurait tout à la fois. Je lui faisais mal, j'exerçais sur elle presque une violence et pourtant sa gaîté ne pouvait s'éteindre.

Elle se débarrassa par un geste brusque, et s'élança, riant toujours, en me jetant pour adieu :

— Qui elles sont ! qui elles sont !

Elle disparut en un clin d'œil, les chiens poussèrent les moutons au galop, tous passèrent auprès de moi, remplirent le sentier et me retinrent bon gré mal gré à ma place, jusqu'à ce qu'ils fussent passés.

On ne peut mieux avoir l'air d'un niais que moi, dans cette occasion.

J'étais véritablement en furie : si je ne m'étais pas dominé, j'aurais couru chez Meline, j'aurais ouvert les portes de force, j'aurais battu tout le monde, tant il me semblait qu'on se moquait de moi. Je pris un autre parti, celui d'aller dîner à Poitiers, de demander à mon père une explication, et s'il ne me la

5.

donnait pas, de m'adresser à ma mère, incapable de me rien refuser.

J'étais blessé, j'étais enragé de mon échec, et je voulais à tout prix une vengeance.

Cette résolution prise, je retournai promptement à la Raudière, je m'habillai, je fis seller mon cheval, en dépit des réclamations de Frontin, qui regrettait un dîner splendide, digne d'un roi, où sa femme et lui avaient mis tout leur talent. Je le laissai au milieu de ses jérémiades, je pris la route la plus courte, et j'arrivai à la place Saint-Hilaire en si peu de temps, que je fus moi-même surpris.

Mon père était absent, il dînait en ville; ma mère allait se mettre à table; j'en fus d'abord désappointé, puis je réfléchis que ma mère parlerait bien plus facilement étant seule avec moi; je n'aurais pas besoin de circonlocutions et j'allais probablement tout savoir.

J'entamai le discours tout d'abord; l'excellente femme prit un air grave et m'écouta sans m'interrompre. Lorsque je lui demandai directement la clef du mystère :

— Eh! me répondit-elle, je n'en sais rien. Lorsque ton père a établi là ces gens, il m'a défendu d'aller chez eux, il m'a défendu de lui faire une question sur ces nouveaux bordiers, et il a ajouté que je lui serais

très-désagréable, si je m'occupais directement ou in-
directement de ce qui se passerait si près de nous. Tu
connais ton père, je lui ai obéi et je n'aurais pas osé
faire autrement. Pour les choses sérieuses, il est iné
branlable.

— Et si, moi, je m'adressais à lui directement?

— Garde-t'en bien, mon enfant, il ne te le pardonnerait point, puisqu'il ne t'en a pas parlé.

Je me perdis en conjectures.

Ma mère était presque aussi curieuse que moi; les
renseignements que je lui donnai et qu'elle voulait
connaître en détail, poussèrent au plus haut point
son désir d'en savoir davantage:

— Quoi! dit-elle, il y a là, à notre porte, un nid
de mystères et ton père a la prétention de me les
laisser ignorer! Il y a là des jeunes filles, des si-
rènes et il t'est défendu de les voir, tandis que l'on
t'envoie à la Raudière pour te divertir! Je ne com
prends pas mon cher époux et, quoi qu'il puissse
arriver, lorsqu'il rentrera nous le mettrons sur la
sellette; il faudra bien qu'il parle.

Nous nous excitâmes mutuellement; nous avions
un peu peur. Mon père avait coutume d'être maître
chez lui et nous nous soumettions à sa volonté sans
murmurer; c'était une habitude prise; pour la première fois, nous allions en dévier; il est vrai que;

pour la première fois, mes dix-neuf ans se faisaient entendre.

Mon père rentra assez tard; il fut surpris de me voir et en fit l'observation d'un ton assez sec.

— Vous lui en voulez d'avoir voulu passer une soirée près de moi? dit ma mère.

— Je ne lui en veux point; mais, s'il m'eût prévenu, je serais resté au logis ou je lui aurais donné un autre jour; je n'aime pas les surprises.

Ce début n'était pas encourageant. Cependant ma mère était loin de renoncer à l'attaque. L'humeur du marquis n'étant point à la plaisanterie, elle pensa que la meilleure façon de réussir était de l'attaquer sans préparation.

— Mon fils et moi nous désirons savoir de vous une chose, mon ami.

— Eh quoi donc, s'il vous plaît?

— Quels sont les locataires de Meline? Qu'est-ce que ces jeunes filles qui paraissent et disparaissent à la façon des ombres chinoises, je vous prie?

Mon père leva sur moi un regard indéfinissable; je ne puis encore maintenant en analyser l'expression. Il était en même temps irrité et satisfait; il était moqueur et curieux; il blâmait et il souriait.

— C'est toi, répliqua-t-il, que cela inquiète, sans doute?

— Cela n'est-il pas naturel, mon père?

— Très-naturel et rien n'est plus facile que de te répondre. J'ai bâti cette borderie afin d'augmenter les revenus de ma terre; j'y ai placé Meline parce que, de père en fils, depuis des siècles, sa famille est attachée à la mienne. Meline a désiré prendre un pensionnaire dans la partie de la maison qu'il n'habite pas; il m'en a demandé la permission; je me suis informé près de lui de la moralité de ses hôtes; il m'a répondu qu'il en était sûr, et je lui ai accordé la permission sollicitée. Le reste ne me regarde pas et ne doit pas te regarder plus que moi; je n'en sais pas davantage. Que diable cela te fait-il?

Cette réponse tout à fait simple me jeta un seau d'eau sur la tête; mon échafaudage de secrets fondait comme la neige au soleil. Tout devenait simple, et, par le fait, ces jeunes personnes, excepté l'habit Louis XV, n'avaient rien fait d'extraordinaire; peut-être essayaient-elle un costume pour un bal travesti.

Tout le monde monte à cheval; il y a cent jolies bergères dans la province, et je n'étais qu'un extravagant avec mes romans et mes conjectures. Je restai tout interdit.

— Mais, mon père, balbutiai-je...

— Eh bien! encore une fois, que vous importent Meline et ses locataires? Vous avez des bois pour

chasser, des chevaux pour courir ; vous pouvez engager vos camarades à partager ces plaisirs avec
vous, qu'avez-vous besoin de vous inquiéter du voisin. Est-ce que je m'en occupe, quand je suis à la
Raudière ?

— Ainsi, mon père, vous ne savez pas...

— Quoi ? qu'y a-t-il à savoir ? Est-ce que l'on ap-
prend à l'École à devenir une commère curieuse et
bavarde ? Je ne comprends pas la jeunesse du jour.
Eh morbleu ! s'il y a des jolies filles chez Meline,
c'est votre affaire et non la mienne.

— Ah ! mon ami, s'écria ma mère effarouchée.

— Vraiment, madame, vous et votre fils, vous me
feriez dire ce que je ne veux pas. Vous eussiez bien
dû lui faire comprendre que je ne fais pas la police
chez mes bordiers, et que tout ceci est au moins
oiseux, si ce n'est inconvenant.

Quand mon père ne me tutoyait pas et qu'il appelait ma mère madame, il ne fallait pas répliquer ;
c'était le dernier degré de sa patience. Il se retira
chez lui après un bonsoir fort peu engageant. Ma
mère ajouta en forme de corollaire :

— Mon cher enfant, si tu m'en crois, tu repartiras
demain de très-bonne heure, tu tâcheras de découvrir tout seul le mystère, et tu me le diras surtout.
Ton père *le sait*, j'en suis sûre, et il ne t'en voudra

pas si tu parviens à l'apprendre. Je le connais et je n'en doute pas. Adieu donc et tiens-moi au courant.

— La nuit est superbe, ma mère, je pars tout de suite, j'ai hâte de me mettre à l'œuvre et je crois que vous avez raison. Adieu, soyez tranquille, vous serez instruite de tout.

Dix minutes après j'étais à cheval sur la route de la Raudière; je m'en allais lentement, accompagné par mes soupçons. Mon père m'avait semblé tout autre que de coutume; peut-être était-il préoccupé, peut-être avait-il été contrarié de ma visite, mais pourquoi? Et ces jeunes filles? Oh! je voulais savoir et je saurai!

Je pris le galop sur cette résolution et ne m'arrêtai qu'à l'entrée de l'avenue. Là, je changeai de route; je tenais à observer l'ennemi à toutes les heures. J'attachai mon cheval à un arbre, et je me dirigeai à pas de loup vers la *Melinière*, tel était le nom donné à la borderie par son possesseur actuel. Je longeai des haies et des saules bordant un sentier et un petit ruisseau; j'approchais du bâtiment défendu, quand les aboiements du terrible chien se firent entendre dans la cour. Il s'élança vers la porte la plus voisine comme un furieux; il n'eût pas été prudent de me découvrir; je me cachai derrière un grand sureau

dont les fleurs embaumaient et je regardai à travers
les branches.

Une petite fenêtre, encore éclairée, était en face
de moi; je la vis s'ouvrir avec précaution; une tête
de femme s'y montra. A cette distance, je n'aurais
pu la reconnaître; je n'aurais donc pas su dire
si c'était l'amazone ou la grande dame qui regardait avec crainte autour d'elle, et qui sondait d'un
air investigateur tous les buissons.

Après quelques minutes, elle se retourna et j'entendis très-distinctement sa voix :

— Ce chien est fou, disait-elle, il n'y a personne.

Donc on était aux aguets; donc on craignait d'être
surpris; donc on avait quelque chose ou quelqu'un
à cacher. J'attendis encore; la fenêtre s'était refermée, mais la lumière brillait néanmoins; le chien
aboyait toujours; il n'était pas en défaut.

Je me retirai lorsque je fus certain de n'en pas
voir davantage. Je rentrai à la maison, Frontin ne
comptait pas sur moi, j'eus de la peine à l'éveiller,
surtout à me faire reconnaître; enfin, vers trois
heures du matin, je pus entrer en possession de mon
lit, où je ne dormis guère; deux heures après j'étais
debout et prêt à sortir avec mon fusil, mais sans
Brave qui pouvait me gêner dans mes stratégies.

Frontin subit d'abord un interrogatoire, il ne

servit qu'à découvrir mes batteries et l'envie que j'avais de savoir. Il me répéta ses contes de diables que mon bon sens repoussait et que mon imagination eût acceptés volontiers. D'après son dire, en plein jour, ils se promenaient dans les ruines à Berruges, particulièrement le matin. Je me dirigeai de ce côté, peut-être serais-je assez heureux pour en apercevoir au moins les griffes.

Je passai par la métairie, bien entendu; tout était silencieux et calme; j'entendis seulement la chanson de Gonde conduisant ses moutons vers la prairie du bord de l'eau. J'eus envie de descendre de ce côté, mais je savais comment la bergère accueillait les gens, et ce qui m'en était revenu la veille. Je continuai ma route vers Berruges, et je ne tardai pas à arriver. Je montai à la tour et je m'assis sous une voûte assez bien conservée; on ne pouvait me découvrir tout d'abord, c'était l'essentiel : je verrais sans être vu.

Un peu après sept heures j'entendis au-dessous de moi le pas d'un cheval qui s'arrêta subitement, puis le frôlement d'une robe; mon cœur battit, j'allais voir enfin une de ces fées. Elle se montra à mes yeux, tout à coup, en pleine lumière; c'était bien une apparition fantastique : elle était belle à miracle. Vêtue du même habit de cheval que j'avais

déjà rencontré, hautement son voile était relevé et
sa robe, relevée aussi sur son bras, laissait voir un
pied de Cendrillon chaussé dans une bottine de cuir
à demi-cachée par un pantalon d'une blancheur
éblouissante.

Elle regarda au loin en se servant de sa main
comme d'un garde vue, ensuite elle fit quelques pas
en frappant sa jambe avec son petit fouet, puis elle
s'assit sur une grosse pierre roulée du sommet des
ruines ; évidemment elle attendait quelqu'un.

J'allais être éclairé bien vite, l'ombre qui me dé-
robait à sa vue s'épaississait encore au fond du ca-
veau où j'étais caché, j'essayai de me retirer plus
loin en retenant mes pas et mon haleine, elle était si
préoccupée qu'elle ne m'entendait pas, je ne m'entendais pas moi-même, il est vrai.

Le temps passait, et l'impatience de la belle fille
augmentait de plus en plus ; elle ne pouvait tenir en
place et cherchait à percer l'horizon qui s'étendait à
nos pieds, afin de voir plus tôt celui qui devait la rejoindre. La solitude ordinaire de ces ruines ne lui
laissait même pas supposer qu'elle pût être observée.
Je pus donc l'examiner à mon aise.

Enfin elle poussa une exclamation et fit quelques
pas en avant.

— Comme vous venez tard ! dit-elle.

J'éprouvais involontairement une sorte de jalou
sie, comme si j'en avais eu le droit. J'étais anxieux
de voir celui que mon imagination me représentait
comme un rival. Le soulagement fut prompt :
l'homme qui s'approchait était un vieux paysan que
je connaissais à merveille. Il habitait une sorte de
cahute auprès de Visais, de l'autre côté de la Boivre,
presque en face de la Raudière.

— Dam', mam'zelle, dit-il, c'est qu'il y a loin.

— L'avez-vous vu?

— Oui.

— Vous a-t-il donné une réponse?

— Oui, et la dame aussi.

— Où est-elle?

— Mam'zelle, c'est pas des lettres, bonnes gens
ils ne pouvaient pas écrire; ils m'ont dit comme ça..
Voyons, que je me rappelle....

— Oh! oui, rappelez-vous bien les expression
positivement; tout est là.

— Ils m'ont dit que *l'oiseau n'était pas en danger*
oui, c'est cela.

— Et puis? demanda-t-elle ardemment.

— Et puis, que *bientôt on pourrait ouvrir la cage*
La dame a ajouté : *Et les petits viendront bien.*

— Le ciel soit loué! Vous y retournerez ce soir
n'est-ce pas?

— Tant que vous voudrez, mam'zelle.

Cette conversation devait m'éclairer beaucoup, n'est-il pas vrai? J'enrageais.

Je rentrais chez moi, n'en sachant pas davantage, lorsque j'ai vu la divinité s'éloigner avec son messager; il la précédait de quelques pas, comme pour éclairer sa route. Elle monta, ou plutôt elle sauta à cheval et disparut comme un être fantastique à travers les arbres, où à peine un sentier était tracé.

Je m'élançai, pour suivre ou interroger le paysan. Lui aussi avait disparu. Ces gens-là entretenaient décidément des relations avec l'autre monde.

Il fallut y renoncer. Je m'en allais la tête basse, me creusant l'esprit pour trouver un moyen. Aucun ne se présentait à mon imagination; je ne pouvais pas violer le domicile de Meline ni entrer chez lui de force. Je n'avais pas même la ressource de l'huissier, il payait exactement son fermage, et mon père ne m'eût pas pardonné la moindre tentative contre ce pauvre et honnête tenancier, dont il aimait et estimait la famille.

Ma journée se passa à errer autour de la maison et de la métairie. Je ne vis ni n'entendis rien.

Le lendemain mon père vint déjeuner avec moi. Il était fort gai et me plaisanta, à mots couverts, sur ma curiosité. Il eut l'art d'éluder mes questions, et

sut rester dans sa réserve, tout en me laissant deviner qu'il pouvait en sortir.

Après le repas il me conduisit dans le parc, tout
en causant, sans parti pris, et tout comme si nous
eussions été sur la place Royale à Poitiers. Je le
suivis, préoccupé de la même idée et du désir de le
faire causer sans avoir l'air d'y tenir.

Nous marchâmes doucement dans une allée qui
conduisait à la première grille. Or cette grille ouvrait
en face de la borderie; nous nous en rapprochions
insensiblement. Lorsque nous l'eûmes franchie, mon
père, qui me parlait sentencieusement de mon avenir, me dit tout à coup :

— J'ai affaire chez Meline, veux-tu y entrer avec
moi?

On juge si j'acceptai.

Nous reprîmes la conversation; cet incident passa
comme non-avenu, bien qu'il m'occupât tout autrement que les exhortations paternelles. Je n'écoutais
plus, je pensais et je regardais autour de moi.

Tout à coup le refrain *traînard* de Gonde perça
les airs; elle ne devait pas être loin, mais je n'avais
nulle envie de la chercher, la luronne se moquait
trop bien des gens. Elle approchait, j'entendais les
pas de ses moutons derrière la haie, l'aboiement de
son chien retentir.

— Tiens ! dit mon père, c'est la *beurgère*, la Gonde ; elle est gentille, la *petiote*, c'est ma *filliote*, je serai bien aise de la voir.

— Quoi ! mon père, Gonde est votre filleule ! m'écriai-je.

— Tu ne t'en souviens pas ! Ma filleule et celle de ta mère. Nous l'avons nommée Radegonde, du nom de la royale patronne du pays. Tu vois ce qu'ils ont fait de ce beau nom ! — Tu la connais donc ?

— Je l'ai vue une fois, balbutiai-je.

Mon père me répondit par une drôlerie en patois, comme il l'avait fait déjà. C'était sa plus grande joyeuseté. Je rougis et me tus.

Gonde était debout arrêtée dans le sentier qui croisait le nôtre, elle nous attendait. Son visage avait une expression narquoise qui m'agaçait.

— Ah ! not' monsieur, vous v'la donc *cians ?* Vous allez à la borderie ? maître Meline est aux champs et les portes sont fermées, vous ne trouverez pas une *boulite* d'ouverte.

— Regarde donc avant de parler, filliote, Meline est là-bas à sa porte, qui nous attend, et toutes les fenêtres bâillent ouvertes comme la bouche des carpes au soleil.

La fine mouche ne se déconcerta pas pour si peu.

Elle prit un air étonné qui aurait fait honneur à la plus savante de nos ingénues.

— Tiens ! tiens ! tiens ! dit-elle ; eh ! bien, not'maî-tre, le diable qui tient la maison est l'auteur de cela, et ils ont raison, dans le pays, de jurer qu'elle est hantée. Tout à l'heure les *hus* étaient clos et maître Méline nous a quitté *dins les chats* pour se rendre à Poitiers.

Il me sembla qu'elle se moquait de moi, avec un petit regard en-dessous ; je n'osais rien répondre, à cause de mon père.

— Allons voir cela, reprit-il négligemment, veux-tu ? Si le diable nous fait l'honneur de fréquenter nos terres, nous lui devons au moins des égards ; il faut vivre en paix avec un voisin tel que celui-là.

Il marcha vers la Mélinière, en faisant un signe d'adieu amical à sa filleule. Je passai à côté d'elle, et comme mon père me précédait de quelques pas, je lui glissai dans l'oreille une menace de repré-sailles.

— Ton parrain ne sera pas toujours là, ajoutai-je.

— Mais moi j'y serai, not'jeune monsieur, sou-venez-vous-en.

Elle prononça ces mots du même ton que Médée :

... Moi ! dis-je, et c'est assez !

Si cette fille-là fût née à Paris, elle serait devenue une grande comédienne.

Je rejoignis mon père, et nous arrivâmes bientôt à la métairie, en causant de choses et d'autres. Évidemment il cherchait à détourner mon attention et ne voulait pas surtout être interrogé.

Meline, qui nous avait aperçus, vint au devant de nous. Il rendit ses devoirs à son maître, avec le respect que conservait encore alors le paysan poitevin pour ses supérieurs.

— Comment vont les affaires, Meline? demanda le marquis. Tes locataires te payent-ils bien? Es-tu satisfait? Nous aurons une bonne année, à ce qu'il paraît. Tant mieux, cela te mettra à l'aise.

— L'année sera bonne, en effet, monsieur le marquis; tant qu'à mes locataires, ils m'ont bien payé.

Il poussa un soupir.

— Est-ce qu'ils comptent dévier de cette bonne habitude?

— Hélas! monsieur le marquis, ils ne me payeront plus, ils sont partis ce matin dès l'aube.

— Partis! tout à coup?

— Tout à coup, monsieur.

— Et pourquoi?

— Que sais-je! Ils ont reçu une lettre, par un exprès, puis un de leurs amis est venu, ils ont causé ensemble, on a fait les malles, on m'a grassement dédommagé, on est monté dans la voiture de l'étranger et l'on a quitté la Melinière.

— C'est étrange ! Comment s'appelaient-ils ces gens-là ?

— M. et mademoiselle Dupuis, monsieur.

— Dupuis ! ce nom ne dit rien, il y en a tant !

— Et les autres ? me hasardai-je à demander.

— Quels autres ?

— Mais oui, elle étaient plusieurs, j'en ai vu deux, moi.

— Faites excuse, monsieur, il n'y avait qu'une demoiselle.

— Alors c'était véritablement le diable ! m'écriai-je.

— Non, monsieur, c'était mam'zelle Iseult.

Je n'y comprenais rien, et la présence de mon père m'empêchait d'en demander davantage. Il s'informa de quelques détails de ferme et ne s'occupa plus de moi. J'en profitai pour pénétrer dans le pavillon défendu ; les portes et les fenêtres n'avaient plus ni verroux, ni barreaux.

Je parcourus trois pièces très-simplement meublées, et qui n'avaient rien d'extraordinaire. Pas le plus petit ruban, pas le moindre colifichet n'avait été

6

oublié dans la précipitation du départ; il ne restait donc aucun indice.

Mon père m'appela, il n'eut pas l'air de remarquer ma préoccupation. Nous reprîmes le chemin de la Raudière, et, depuis ce moment, il ne fut plus question des mystérieux voyageurs. J'interrogeai vingt fois Meline et Gonde, les voisins, mes domestiques, j'allai jusqu'à Visais, pour faire jaser *l'homme des ruines*, celui-ci avait quitté le pays; il existait une fatalité dans tout cela.

Six mois après, mon père m'écrivit au régiment et me demanda si je consentirais à me marier, tout jeune que je fusse.

— « Oui, répondis-je, si la femme est plus jeune que moi, belle, riche, spirituelle, parfaite enfin. »

Je n'entendis plus parler de rien, et quand, à mon prochain semestre, je m'informai de cette union :

— J'ai changé d'avis, me dit mon père.

Il y a un mois à peine, j'étais à dîner au faubourg Saint-Germain, chez une femme d'esprit d'un grand nom. Le respect et les hommages entouraient la duchesse de X... dont la vaste intelligence et le caractère étaient fort renommés dans le parti légitimiste. On causa du passé, on raconta des histoires de la Vendée, on parla de la tentative échouée de 1832.

— Vous y étiez, madame la duchesse? demanda l'un des convives.

— Oui, répondit-elle avec un sourire indéfinissable plein de mélancolie et empreint d'une certaine malice pourtant, j'y étais avec mon pauvre père. Il fut si désespéré de notre échec que sa tête en fut momentanément dérangée. Il croyait sans cesse qu'on venait l'arrêter et le conduire à l'échafaud, comme son père. J'étais bien jeune alors, je ne savais rien du monde; il me communiqua ses craintes, si ce n'est sa folie. Il voulut se cacher, je le suivis en Poitou, dans une métairie, où un de ses anciens amis lui offrit un asile.

Je relevai la tête, je flairais une piste.

— Cette retraite et ces dangers imaginaires exaltèrent encore son cerveau malade. Il se crut au temps de la première Vendée et ne voulut plus être habillé que des costumes de l'époque. Pour me prêter à sa fantaisie, j'en fis autant, sur la recommandation du médecin de ne pas le contrarier, et je m'affublai des défroques de ma grand'mère.

— C'était-elle ! murmurai-je.

— Je m'en dédommageais en courant à cheval par monts et par vaux, j'aspirais l'air à pleins poumons. Dans le pays, ces transformations m'acquirent la réputation de sorcière; ce n'est pas difficile en Poitou, on y croit. Mon père ne sortait jamais, moi j'étais fort étrange, j'en conviens; tout cela sentait le fagot. J'envoyais partout des émissaires, les nouvelles me parurent rassurantes, tout était calme et pacifié; mon oncle vint nous engager à retourner chez nous. Nous le suivîmes, et notre disparition subite acheva la légende. J'étais servie par une petite bergère d'un esprit...

Notre hôte avait un fils, fort beau garçon, et qui ne me déplaisait pas, bien que je ne l'eusse qu'entrevu. Il fut question de mariage, à son insu, je crois. Je le refusai impitoyablement, le cœur un peu gros, je l'avoue. Il servait Louis-Philippe! — Deux ans après, j'épousai le duc.

On se leva de table, je m'approchai d'elle.

— Madame la duchesse, lui dis-je, voulez-vous me recevoir à merci : je ne servais pas de bon cœur, et j'ai donné ma démission bien vite.

— Je le sais, et je suis charmée de vous voir; venez donc causer avec moi, monsieur, nous sommes vieux maintenant, et il est très-curieux pour nous de savoir ce que sont devenus nos rêves. *Autant en emporte le vent.*

LE SACRILÉGE

— Pourquoi pleurer ainsi, ma bonne mère? du courage! c'est le bonheur de ma vie qui commence aujourd'hui. Dans cette sainte maison, on ignore les larmes, on n'existe que pour prier et pour aimer Dieu, loin du monde et de ses déceptions. Oh! ma mère, je serai plus heureuse que vous!

— Que le ciel t'entende et te bénisse, ma fille adorée! mais quand je pense que je ne te reverrai plus, que ta beauté se fanera ici sans qu'une seule fois j'aie contemplé tes traits, ce sacrifice est trop fort pour mon cœur, Dieu ne l'exige point, reviens avec moi, mon enfant, il en est temps encore...

— Ma mère! que dites-vous? et mon père, dont la volonté m'appelle au cloître, si ma vocation ne

6.

m'y conduit pas ? et mon frère chéri dont ma retraite augmentera la fortune, mon frère qui me
devra son mariage avec celle qu'il aime, oh ! rien
que cette idée me ferait renoncer à tout. Je vous le
répète encore, c'est le bonheur de mon existence
entière qui m'attend; je ne pourrais vivre ailleurs.

La duchesse de Persac n'écoutait plus sa fille,
elle passait ses mains dans les longs cheveux blonds
qui bientôt allaient tomber sous le ciseau, elle les
couvrait de baisers, elle ne pouvait les abandonner;
enfin, il le fallait, et ses larmes redoublèrent. La
magnifique toilette de la jeune novice touchait à sa
fin, il ne restait plus à poser que la couronne virginale; elle s'agenouilla devant sa mère et la lui présenta.

— Attachez-la, lui dit-elle, attachez ma guirlande
de fiancée et donnez-moi votre bénédiction.

La duchesse, tremblante, fit ce que demandait sa
fille. Dans ce moment, la porte de l'appartement
s'ouvrit :

— Madame l'abbesse attend la sœur Suzanne.

Ces paroles bouleversèrent les deux femmes; c'était
le moment de la séparation. Par un mouvement
spontané, elles se jetèrent dans les bras l'une de
l'autre en sanglotant. Un transport frénétique saisit
la mère, elle releva sa fille et courut vers l'issue qui

donnait dans les cours extérieures. Il fallut les efforts réunis de plusieurs religieuses pour lui barrer le passage et lui arracher son enfant. Enfin, elle retomba épuisée, et Suzanne saisit ce moment pour entrer dans l'intérieur du monastère, lieu sacré où personne ne pouvait la suivre.

Lorsque les verroux se refermèrent sur elle, la duchesse, réveillée de sa stupeur, vola à cette entrée fatale. Elle ébranla de ses cris ces voûtes saintes qui ne connaissaient que les louanges de Dieu. Les sœurs, effrayées, ne parvinrent à la calmer qu'en lui proposant de la conduire à la chapelle ; là, elle la verrait encore, elle assisterait à son sacrifice. On la plaça dans une enceinte réservée auprès de son fils et de sa famille.

La cérémonie commença. L'évêque de Tours était à l'autel ; il prononça un discours touchant avant de recevoir les vœux éternels, et lorsqu'arriva le moment redoutable, il descendit dans le chœur. Le marquis de Persac conduisait sa sœur, dont il était si tendrement aimé.

— Il est encore temps, lui dit-il tout bas, rétractez-vous si vous ne croyez pas trouver ici le bonheur.

— Mon frère, je ferai le vôtre.

Elle se mit à genoux, le prélat prit des mains d'un prêtre les ciseaux, et coupa ces beaux cheveux qui la couvraient tout entière ; elle dépouilla l'un après l'autre les ornements du monde. On l'emmena quelques instants, et elle reparut sous la bure et la serge ; avec le costume grossier, elle était peut-être plus belle encore. On lui posa le bandeau sacré, le voile qui ne devait plus être levé que devant Dieu et devant ses sœurs. (Alors, elle jeta un long regard sur son frère, sur sa famille, sur la duchesse anéantie, qui n'avait pas fait un mouvement depuis son entrée dans l'église.) On ouvrit le rideau fatal, la supérieure lui tendit la main. Avant de faire ce dernier pas, un cri lui échappa : Ma mère !... c'en était fait.

Tout le monde quitta le sanctuaire. Une femme seule et un jeune homme ne pouvaient s'en arracher ; leurs yeux étaient fixés sur cette lugubre draperie noire, insurmontable barrière entre eux et Suzanne. Ils ne s'en détachaient point. Dans ce moment un prêtre, le même qui avait assisté l'évêque, s'approcha d'eux.

— Madame, dit-il, vous êtes la mère de cet ange ; que Dieu vous donne le courage !

Le soir, en revenant de Versailles, le duc de Persac apprit que son fils était le seul héritier de sa fortune ; il demanda quelques détails sur la cérémonie, et en se retirant dans son appartement il ne se rappelait plus pourquoi il voyait des larmes dans les yeux de sa femme.

Huit jours après on appela au parloir la sœur Suzanne; elle parut derrière la double grille, ses doigts ne purent même pas serrer ceux de sa mère.

— Je suis heureuse, je ne désire rien, madame, que de vous voir tranquille. Mes joies sont dans le tabernacle, elles survivront à ma jeunesse, les peines ne peuvent m'atteindre. Consolez-vous donc et offrez à Dieu l'hommage de votre douleur.

Mais rien ne peut consoler une mère, ces cicatrices-là ne se ferment point; aussi dans ses visites suivantes, la religieuse ne parvint pas davantage à calmer la duchesse. Un moment elle fit diversion à cette douleur pour assister au mariage du marquis. Il épousa celle qu'il aimait, celle qu'il n'eût point obtenue sans l'augmentation de fortune que lui apportait la retraite de sa sœur.

— Au moins, se disait la duchesse, celui-là je le verrai et il sera heureux toute sa vie; mais elle! quand sa ferveur de dix-sept ans sera passée, quand ses illusions se dissiperont, quand l'âge des passions arrivera, elle jetera un regard de l'autre côté de ces murs, elle rêvera un bonheur que le cloître ne lui offrira plus, et elle mourra désespérée. Mon Dieu! mon Dieu! toute ma jeunesse a été passée dans les larmes, j'ai tout supporté sans me plaindre, pour prix de cette résignation, daignez éloigner le malheur de mon enfant !

Elle conduisit à Suzanne sa nouvelle belle-sœur. A travers les grilles elle vit ses atours de mariée ; elle vit l'amour qui brillait dans les yeux de son mari, elle vit leur tendresse mutuelle, et pour la première fois une pensée étrangère à son état se présenta à elle. Ce fut un éclair ; elle oublia ce moment dans les saintes prières, et le soir, en se mettant au lit, elle bénit le ciel qui l'avait appelée à une si grande destinée.

Quelque temps après, les jeunes époux revinrent à la grille ; ils apprirent à Suzanne qu'une de ses cousines venait de déshonorer sa famille en se mésalliant. Elle s'était éprise d'un artiste, et malgré tout ce qu'on put faire pour l'en détourner, elle s'enfuit avec lui.

— Comment, reprit la jeune recluse, malgré ses tuteurs elle l'a épousé, et pourquoi?

— Parce qu'elle l'aimait, répondit la marquise, et l'amour ne calcule ni le rang ni les richesses.

— Mais les devoirs?

— Oh! mon Dieu, qu'il doit être terrible de se trouver entre l'un et l'autre.

— Le devoir l'emporte, sans aucun doute.

— Je le sais, l'amour est une passion si violente, il s'empare tellement de tout notre être, que, hors de lui, nous ne voyons rien, il nous tient lieu de tout, il nous fait vivre.

Et elle se mit à raconter son bonheur, ses jours de délices avec son mari, elle ne songea pas qu'elle parlait à une malheureuse qui ne devait jamais les connaître. L'étonnement de Suzanne ne pourrait se dépeindre. Quoi! il existait un sentiment assez fort pour faire méconnaître l'autorité paternelle, tous les devoirs imposés à son sexe, et ce sentiment c'était un homme, un étranger souvent qui l'inspirait! Cette conversation se grava dans sa mémoire, elle en retint jusqu'aux moindres mots, elle se les répéta toute la journée. Le soir, en entrant dans sa cellule, elle fut surprise de la trouver éclairée par des lumières lointaines; elle ouvrit sa fenêtre, le temps était magnifique, et dans l'hôtel voisin on donnait une fête brillante, elle entendait les instruments à travers les portes ouvertes sur un jardin, elle plongeait dans les salons, le bruit des causeries arrivait jusqu'à elle; elle voyait les femmes étincelantes de parure sortir et rentrer sans cesse, et tout cela par un clair de lune superbe, au mois de juillet, un air balsamique, le parfum des fleurs, les discours de l'imprudente marquise; elle oublia tout, son état, sa position, toute son âme passa dans ses yeux, dans ses oreilles, elle dévora du regard cette foule bizarre, elle vola au milieu d'elle ; elle se choisit une toilette, elle erra dans les bosquets illuminés de cent couleurs ; elle courut d'une pièce à l'autre ; elle perdit la tête, enfin, et se crut transportée dans un monde de féerie. D'autres pensées indécises, sans forme, vinrent aussi l'assaillir ; le mot amour sortit de ses lèvres sans qu'elle sût l'avoir prononcé :

« Qu'ils sont heureux ! dit-elle après plusieurs heures de contemplation, et moi aussi je serais là ! »

Ces mots la rappelèrent à elle-même ; son front humilié toucha la terre ; elle passa le reste de la nuit en prières. Pour la première fois, elle avait commis une faute grave, et le lendemain elle devait communier ; sa conscience timorée se représenta comme une grande criminelle.

« Je n'approcherai pas de la table sainte, je suis une pécheresse, je suis une impie ; j'ai méconnu les bienfaits de Dieu, je mérite une punition exemplaire. »

Elle quitta la chambre dans ces dispositions. On lui avait donné l'emploi de sacristine, elle devait avoir soin des vases consacrés ; elle préparait chaque matin ce qu'il fallait pour la messe. Elle avait coutume de trouver le vieux et respectable aumônier agenouillé sur le prie-dieu, attendant le moment de célébrer le grand mystère.

« Il va lire dans mon cœur, se disait-elle, il va me maudire peut-être. »

Ses traits, fatigués d'une nuit sans sommeil, disaient assez qu'elle avait souffert; le premier remords flétrit l'innocence. En entrant dans la sacristie, elle fut étonnée de ne point y trouver le prêtre; elle crut qu'il était dans l'église et arrangea tout ce qui lui était nécessaire, en demandant mentalement au Seigneur la force d'avouer son péché. Elle n'avait pas fait un pas lorsque l'abbesse entra suivie d'un ecclésiastique inconnu.

— Ma fille, le digne père Bonnivet se trouve, par son grand âge et ses infirmités, obligé de renoncer à la direction de notre maison. Monseigneur l'archevêque, à sa demande, en a chargé Monsieur, son plus cher élève, et qui, bien jeune encore, jouit de la réputation la plus distinguée. Depuis longtemps je suis instruite de ce changement, je ne vous en ai rien dit. Notre bon abbé craignait que ses adieux ne lui fussent trop pénibles et à nous aussi. Désormais, le père Anatole dirigera nos consciences; vous aurez pour lui autant de vénération que pour son prédécesseur, je suppose, et vous lui donnerez toute votre confiance.

7

Ces paroles avaient été écoutées par Suzanne
avec son esprit ordinaire; mais elles l'avaient vivement agitée. Quoi! elle ne devait plus revoir celui
qui, depuis qu'elle le connaissait, avait été le dépo-
sitaire de toutes ses pensées. C'était à un inconnu
qu'il fallait avouer ses fautes de la nuit. Cette pensée
la fit tressaillir, et par un mouvement involontaire
elle le regarda. C'était un homme de vingt-sept à
vingt-huit ans, aussi beau de visage que noble de
taille; ses yeux surtout avaient une expression indéfinissable; ils étincelaient par moment du feu du
génie, puis ils se baissaient soudain comme si une
force supérieure avait éteint cette flamme; mais
lorsqu'on avait une fois rencontré ce regard dévorant, ce regard qui cherchait au fond de votre cœur
une pensée secrète, on ne l'oubliait plus. C'est ce qui
arriva à la religieuse; elle fut effrayée de cet
homme, elle baissa son voile et se frappa la poitrine.

« Mon Dieu! jamais je n'aurai la force de lui rien
avouer! »

L'abbesse les laissa seuls, c'était le moment, elle
le sentit; mais elle ne put le prendre sur elle. Il ne
lui adressa pas une parole, il avait l'air de ne pas la
voir. Lorsque tout fut prêt, elle le salua en silence
et se rendit à sa stalle. La cloche sonna pour la messe,

il la célébra avec une dignité parfaite; il y avait en lui quelque chose qu'on ne comprenait pas, quelque chose qui révélait l'homme supérieur, l'homme malheureux et peut-être l'homme coupable. Il priait avec ferveur; mais sa figure maigre et pâle prouvait qu'il fallait de grandes pénitences, que ses nuits n'étaient point tranquilles et ses jours oisifs à l'Évangile. Il adressa quelques paroles à la communauté sur sa nouvelle charge; sa voix pleine et sonore, son éloquence brillante prévinrent tout le monde en sa faveur. Quand vint le moment de la communion (c'était un dimanche), Suzanne resta seule à sa place, anéantie sous le double poids de la honte et du repentir.

En sortant de l'église l'abbesse s'approcha d'elle et lui demanda sévèrement pourquoi elle avait manqué aux règles du couvent? la jeune fille répondit qu'elle ne s'était point trouvée disposée, et qu'elle n'avait pu prendre sur elle de se confesser au père Anatole.

— Demain, ma mère, je réparerai ma faute, laissez-moi le voir encore avant de m'accuser au saint tribunal.

— A la bonne heure, reprit la prieure; c'est la première fois que cela vous arrive, que ce soit la dernière.

Cette vive remontrance fit verser des larmes à la pauvre enfant; elle se regardait comme plus coupable encore. Sa nuit fut affreuse, et le lendemain, à la pointe du jour, elle était à la sacristie; elle attendait maintenant le prêtre avec la plus vive impatience, il lui tardait d'obtenir l'absolution, de laver son péché par la pénitence. A l'heure accoutumée, il arriva froid et sévère comme la veille. Elle se leva à son approche.

— Mon père, je vous prie de m'entendre en confession.

Il tressaillit, et sans faire de réponse il marcha vers le confessionnal. Elle tremblait de tous ses membres, elle semblait clouée à sa place; il attendait.

— Ma sœur, ne venez-vous pas?

Ces paroles semblèrent lui rendre du courage; elle se précipita à genoux.

— Mon père, je dois commencer par vous dire que depuis hier ma conscience est chargée d'un poids cruel; je devais hier vous tout avouer, mais cela m'a été impossible. Votre esprit m'impose, il me semble que vous ne pouvez être indulgent pour la pauvre espèce humaine, vous dont le regard est si fier et l'abord si sévère.

En parlant ainsi elle exprimait sa pensée comme si ce n'eût point été de lui qu'il fût question, elle ne voyait que Dieu.

— C'est une erreur, sans doute, continua-t-elle, aussi je m'en accuse dans l'amertume de mon âme. Cet aveu me servira d'acheminement vers celui bien plus exact encore que je n'ose vous faire. Mon père! mon père! priez pour moi, je suis une grande péche- resse!

— Et quelle est donc la cause qui peut troubler ainsi votre conscience, ma fille, qu'avez-vous fait, qu'avez-vous pensé dans cette maison retirée, qui doive vous tant coûter à me faire connaître. Dieu est juste et bon, en son nom, je vous promets miséri- corde si vous vous repentez.

— Je sais que je suis encore plus criminelle d'hé- siter, voici donc la cause de mes remords : j'ai vu ma belle-sœur, elle m'a parlé un langage inconnu. Elle m'a dit qu'il existait un sentiment plus fort dans nos cœurs de femme, que l'amour de Dieu, que l'obéis- sance filiale, que tous les devoirs imposés, que les saints nœuds du mariage même; que ce sentiment était inspiré par un homme, qu'il dévorait nos jours, qu'il occupait toutes nos pensées, qu'il offrait des joies qu'on ne trouvait point ailleurs; qu'avec cet homme, l'exil, la mort avaient des charmes, que

sans lui les plus doux plaisirs étaient une gêne,
qu'enfin ce sentiment, cette passion, s'emparait tellement de toute notre âme, qu'il nous rendait capable
des plus grands crimes ou des plus grandes vertus
selon la volonté de l'homme qu'on aime d'amour,
c'est l'amour que l'on éprouve ainsi.

— Grand Dieu, ma fille, quelle imprudence ! qui
a pu vous parler de la sorte. Non, non, ne l'oubliez
pas. L'amour existe, il est ce que vous venez de le
dépeindre ; mais il n'est heureux que lorsque le devoir l'autorise. L'amour criminel, jeune enfant, c'est
le supplice le plus odieux, c'est le bouleversement de
toute une vie, c'est l'enfer anticipé. Ce n'est que
dans un amour légitime qu'il apporte avec lui le
calme et le bonheur. Encore ne doit-il pas être violent pour être même là un élément de paix. Chassez
ces idées, chassez-les comme inspirées par le démon.
C'est la plus dangereuse des séductions... Non pas
pour nous, reprit-il plus doucement, notre saint
habit nous préserve de la crainte d'y succomber ;
n'importe, n'y pensons jamais, ce sont des choses du
monde qui sont au-dessous de ceux que le Seigneur a
appelés à le servir. Ensuite, ma fille, qu'est-il résulté
de cette conversation ?

— Je n'ai pu l'effacer de mon souvenir, elle m'a
suivie jusqu'aux pieds des autels. Le soir, à l'heure

du coucher, elle était encore tout entière dans ma tête : alors j'ai ouvert ma fenêtre. Que vous dirai-je, mon père, je ne vous rendrai pas ce que j'ai éprouvé pendant cette nuit. Je ne sais si c'est un rêve, si c'est une réalité. J'ai été transportée au milieu d'une fête des grands de la terre, je les ai suivis, j'ai été avec eux dans leurs danses, dans leurs promenades, dans leurs festins, j'ai partagé leur délire, j'ai cherché autour de moi parmi ces femmes resplendissantes de beauté, parmi ces hommes brillants de jeunesse, j'ai cherché cet être idéal qu'on m'avait dessiné comme une figure fantastique, cet être avec qui devait se confondre mon existence, en un mot, j'ai oublié Dieu pour l'enfer. C'était, n'est-ce pas, mon père, une illusion de Satan, il avait égaré ma faible raison ; après bien des heures je suis revenue à moi, j'ai prié, j'ai baisé le marbre de ma cellule, j'ai vu combien je m'étais éloignée des bornes de ma règle divine, et maintenant me voici à vos pieds, suppliante, attendant vos justes remontrances, et la pénitence qu'il vous plaira de m'imposer.

Le prêtre ne répondit pas. Plusieurs fois pendant ce récit ses joues s'étaient couvertes d'une pâleur mortelle, il avait levé les bras au ciel ; lorsqu'elle se tut, il les serra fortement sur sa poitrine comme pour comprimer une émotion violente. Après un instant de silence il laissa tomber une à une les paroles suivantes :

— Vous me demandez une pénitence, ma sœur, vous m'avouez une faute grave et vous n'en comprenez pas vous-même toute l'étendue. Par cette seule nuit votre vie entière peut être troublée. Si vous laissez aller votre imagination, si vous ne coupez pas le mal à la racine vous êtes perdue. Pour la religieuse comme pour le ministre des autels il ne doit y avoir qu'un but : le paradis; qu'une occupation : le moyen d'y parvenir. Pour cela, mettez de côté toute image, tout désir qui sort de votre sphère. Aimez Dieu, n'aimez que lui, et de cette manière vous éviterez les occasions. Pour les fuir encore plus sûrement, n'allez plus au parloir d'ici à quelques semaines, et ensuite n'y voyez que votre mère, jamais d'autres. C'est là l'expiation que je vous demande. Ensuite, vivez en paix, donnez-moi votre confiance, je ne la trahirai pas, j'espère, si Dieu daigne me secourir. On sonne à l'église, retournez avec vos sœurs et humiliez-vous, j'offrirai à votre intention le saint sacrifice.

En sortant du confessionnal, Suzanne n'était plus la même, elle emportait avec elle une consolation, un espoir flatteur qu'elle n'avait jamais trouvé; elle pria avec une ferveur plus expansive pendant toute la nuit, elle regardait Anatole, elle voyait son onction, sa piété; c'est d'elle qu'il s'occupe cet homme à la figure, au maintien angélique, pouvait-il être refusé? De ce moment elle plaça en lui tout ce qu'elle avait donné à son prédécesseur avec quelque chose de plus doux encore. Une espèce de fraternité, jointe à une admiration sans borne. Peu de jours après elle obtint l'absolution, elle communia.

Son existence eut désormais un but. Elle attendait le moment de remplir les fonctions de sacristine comme la récompense de tout ce qu'elle faisait de bien. Un encouragement de l'aumônier suffisait pour la combler de joie. Au plus léger reproche elle devenait tremblante. Chaque sœur avait un certain nombre de filles pauvres à soigner, à instruire. Sa classe était la mieux tenue. Infatigable pour faire le bien, elle en rapportait toute la gloire à Dieu et à son ministre. A mesure qu'elle reprenait de la force, il semblait perdre les siennes. Son excessive maigreur, sa peau brûlante donnait de l'inquiétude à ses amis; lui n'en avait aucune. Il désirait la mort, et chaque fois que Suzanne le plaignait de ses souffrances il ne lui répondait qu'en lui montrant le ciel.

Un an se passa de la sorte. Tout à coup sa santé se ranima, son air reprit toute sa fierté, il ne se baissa plus comme autrefois, il s'opéra en lui un

changement total. Il se montra tel qu'il était, c'est-
à dire avec son génie puissant d'enthousiasme, son
âme de feu et son entraînante éloquence. Au couvent il parut sublime. Ces simples recluses ne le
comprenaient pas. Une seule gémit du nouvel aspect
sous lequel il se montrait, elle en fut effrayée.

Un jour, la veille d'une grande fête, elle le disait
à sa mère, qu'il lui avait été permis de revoir après
sa pénitence.

— Le père Anatole n'est pas venu ce matin, son
suppléant l'a remplacé. Depuis quelque temps il
nous néglige, de grands intérêts l'occupent ; que se
passe-t-il donc au dehors ?

— Hélas ! chère enfant, une révolution se prépare.
Le roi, trop bon, trop confiant, a été égaré par de
perfides conseillers, ils l'ont entraîné dans un gouffre où il périra et nous aussi sans doute. Notre avenir est affreux, la religion sera détruite, cet asile
même ne sera peut-être pas sûr pour vous. Mon
Dieu ! quel siècle ! Mais vous, mon enfant, la sœur
Anastasie m'a dit que vous étiez changée, que la
gaîté de votre caractère avait fait place à une morne
tristesse. D'où cela vient-il ? Comment allez-vous ?
Qu'est-ce que vous éprouvez ?

Rien, ma mère, et elle rougit sous son chaste
bandeau, je ne sais, je désire quelque chose, je ne

pourrai dire quoi, ma vie me semble trop uniforme, demain je me porterai mieux, deux de mes sœurs prennent l'habit, ce sera une belle cérémonie, une grande fête, de longs offices, cela me fera du bien.

La duchesse la quitta un peu rassurée et cependant inquiète, quelle mère ne l'est pas, lorsque l'on lui dit que son enfant souffre et qu'elle ne peut en juger par elle-même.

A l'heure du souper, Suzanne ne mangea point, elle ressentait un malaise indéfinissable, elle monta au dortoir de plus en plus souffrante et agitée. La chaleur était excessive, elle s'approcha de la croisée; là mille idées bizarres se croisèrent dans son cerveau malgré elle, le souvenir du bal qu'elle avait vu lui revint, il la ramena insensiblement à ce qui l'avait tant étonnée. Elle s'appesantit sur cette idée, elle chercha à la comprendre, un trouble affreux s'empara d'elle, pour le chasser elle se mit au lit, mais elle ne put trouver le sommeil, une fièvre ardente la dévorait, l'heure de matines la retrouva encore éveillée, elle se leva néanmoins et se traîna à la chapelle.

Ensevelie dans ses pensées, elle n'avait rien vu, elle oubliait que c'était une fête solennelle et que l'aumônier assistait à tous les offices de la journée, sa voix la fit tressaillir, il lui fut impossible de fixer

son attention sur les belles strophes du psaume, elle
n'écoutait que cette voix si bien connue et qu'elle
n'avait point entendue depuis plusieurs jours.

En quittant l'église, chaque nonne rejoignit sa retraite; elle demanda à l'abbesse la permission de se
promener jusqu'à la messe, elle sentait que l'air lui
était nécessaire, sa tête sautait, ses émotions l'étouf-
faient. Elle erra quelque temps sous les charmilles
dans les longues allées droites, il lui semblait qu'un
doigt invisible écrivait partout sous ses pas, comme
il l'avait fait dans son livre pendant les matines, ce
terrible mot : amour !...

Fatiguée elle se laissa tomber sur un banc, elle
reposa sa tête dans ses mains pour la soutenir, c'était
un chaos.

— Aimer, se dit-elle, aimer c'est vouloir donner
sa vie à un seul être, à un seul homme... c'est l'attendre sans cesse, c'est le voir partout. Oh ! bien ! je
comprends, j'éprouve... Oh ! mon Dieu ! non, cela
est impossible, mon habit, le sien ! non ! non !... je
ne l'aime pas !

Et elle recommençait à marcher, elle avait beau
faire, c'était la même image, les mêmes pensées.
Elle se rassit de nouveau, toujours les mêmes impressions; elle se relève alors dans une espèce de délire et en s'écriant :

«Je l'aime! je l'aime donc! c'est là de l'amour!...»

Elle ne retomba pas seule; un bras entoure sa taille, un bras ose toucher ses voiles!... c'était lui... c'était Anatole.

Il la força à s'asseoir près de lui, de sa main nerveuse il ferma sa bouche prête à laisser échapper un cri de surprise et de désespoir.

— Ecoute-moi en silence, lui dit-il tout bas, écoute-moi, cet instant est le plus solennel de notre vie à tous les deux, quand tu m'auras entendue je te laisserai libre, jusque-là, tu resteras ici.

Et sa voix, tout son corps tremblaient, ses yeux lançaient des éclairs, un sourire de triomphe erra sur ses lèvres.

— Je suis aimé, moi? le pauvre prêtre? moi, le misérable rejeté de la société. Je suis aimé par toi, ange de beauté et d'amour. Il y a longtemps que cet amour n'est plus un mystère pour moi. Il y a longtemps que j'ai lu dans ton cœur, j'attendais ton aveu pour t'ouvrir le mien. Oh! maintenant j'ai regagné ma portion de bonheur que l'on m'avait enviée! maintenant je suis l'égal de ces trois gentilshommes qui me regardaient en pitié. Je suis aimé, n'est-il pas vrai?

Et il la serrait contre sa poitrine haletante; anéantie elle ne répondait pas, elle ne voyait rien, elle l'entendait à peine, elle croyait être le jouet d'un songe, il continua :

— Écoute, tu vas connaître celui auquel tu t'es donnée, car tu es à moi, par ma volonté, par la tienne, il n'y a plus qu'à briser les obstacles, je le ferai. Écoute bien, si après tu me rejettes, eh bien!... la même route m'est ouverte, je m'y jetterai avec plus de fureur encore jusqu'à ce qu'elle m'engloutisse. « Je suis comme toi d'une grande famille; mais je suis le cadet, et, malédiction! parce que mon frère est plus âgé que moi de quelques années, on me voua dès le berceau au malheur, on décida que je serais prêtre. Dès que je pus apprécier les choses à leur juste valeur, je rejetai cet état, il me faisait horreur. On m'éleva néanmoins dans un séminaire, on m'instruisit, on m'habilla en conséquence, et te dirai-je ma douleur quand je sortais dans mes jours de congé, quand je venais à la maison paternelle, les cheveux courts, des vêtements noirs et ce nom d'abbé, et que mon frère, moins bien partagé que moi par la nature, était couvert de bijoux, jouait avec des armes? On l'appelait Monsieur le Comte? tout cela me touchait peu, si au moins quelques regards de bienveillance m'avaient dédommagé. A peine me regardait-on; en cachette ma mère me disait quelques douceurs, elle n'osait pas m'aimer tout

haut. Les enfants de mon âge se moquaient de moi
et toujours l'abbé!... Je grandis, ce fut pis encore.
Ils affectaient de parler de leurs plaisirs, de leurs
espérances d'ambition, de leurs amours!... devant
moi qui ne devais jamais être qu'un prêtre! Pourtant comme eux j'aurais aimé le plaisir, j'étais ambitieux, et j'idolâtrais les femmes. Bientôt arriva le
moment où je devais m'engager pour jamais, on me
promettait des bénéfices, un évêché; mais ce n'était
pas là de la gloire et il fallait de la gloire à mon
imagination de vicomte; je pris la résolution de ne
pas obéir, je le dis à mon père que je craignais pourtant. Il me menaça de me maudire.

« — Eh bien! lui répondis-je, vous ne me reverrez
plus; mais jamais je ne consentirai à signer le malheur de ma vie. Je vais me faire soldat, ouvrier,
qu'importe; mendiant s'il le faut; prêtre, jamais!

» Mon père avait déjà commencé à exécuter sa
promesse, il allait prononcer la fatale formule : Ma
mère se précipite entre nous deux, elle tombe à mes
genoux.

» — Anatole, me dit-elle, tu sais que je t'aime;
eh bien! ta mère te supplie d'obéir. Je connais ton
cœur, il est capable d'un sacrifice pour le repos du
nôtre, immole-toi pour moi, mon fils, pour moi qui
te le demande au nom de ma tendresse.

» Ma mère à genoux devant moi! et mon père l'y avait laissée. De ce moment je hais mon père. Je la relevai; elle était mourante.

» — Ma mère, m'écriai-je, je le ferai pour vous, je serai prêtre; mais pour lui, en montrant mon père, il aura à rendre compte à Dieu d'une vocation forcée et du désespoir d'un homme.

» Je m'élançai dans les rues comme un insensé, j'étais trop fou pour penser à me tuer, l'idée ne m'en vint pas, sans cela je l'aurais fait. Ma mère me fit suivre; on me ramena à l'hôtel. Le lendemain j'étais au séminaire, entre les mains de l'abbé Bonnivet. Il me calma peu à peu, il entra dans mes maux. Il les sentait peut-être par expérience! Enfin, il me répéta sans cesse qu'il fallait éteindre cette exaltation, ce feu qui me brûlaient; qu'il fallait tourner vers un autre but et mon ambition et ce qu'il appelait mon génie; utiliser mes grands talents pour la gloire de l'Église, donner à Dieu mon cœur passionné, qui voulait un amour de femme; en un mot, changer tout mon être. L'effort était pénible, presqu'au-dessus des forces humaines; il me plut. Je l'essayai. Je passais mes jours et mes nuits à travailler, j'appris tout ce qu'un homme peut apprendre des sciences humaines en deux ans de temps. Je macérai mon corps, je devins sévère et

misanthrope. Je n'allais jamais chez mes parents que
conduit par mon guide; la vue de mon père me faisait horreur. Il était pour moi plus sévère que jamais
depuis ma résistance à ses ordres. Ma mère était fort
souffrante, chaque fois que je la voyais, je me disais : Mon sacrifice sera inutile, elle n'en jouira pas.
J'étais bien déterminé à ne pas l'accomplir si je la
perdais. Le ciel en ordonna autrement.

» Un jour M. Bonnivet me prévint qu'elle touchait
à son dernier moment, qu'elle voulait me parler. Je
m'approchai de son lit de mort.

» — Anatole, me dit-elle, bientôt je ne serai plus :
mais j'ai une grâce à te demander. J'ai toujours
adoré ton père, je sais que tout son bonheur repose
sur la grandeur de sa maison; pour cela, il faut que
tu renonces au monde, afin que ton frère puisse y
faire une brillante figure. Je sais que c'est injuste;
mais c'est ainsi. J'aimerais mieux que ce fût toi, je
t'ai toujours préféré; ton malheur même t'a rendu
plus cher à mon cœur. Je t'en supplie, mon ami,
entre dans les ordres. J'aurais pu t'y forcer en ne te
laissant que peu de ressources; je n'ai pas voulu
user de ce moyen; je te connais, tu ne résisteras pas
à mes prières. Tiens, voilà un testament.

» Elle m'assurait une existence agréable au cas où
je renoncerais à la prêtrise. Je tombai à ses genoux.

» — Ma mère, c'est trop de bonté. Je jure de vous obéir.

» — C'est bien, je meurs contente, et je te bénis, mon fils chéri; sois heureux, tu peux l'être dans ton état, si tu veux te contenter du bonheur qu'il peut donner.

» Dans la nuit elle mourut. Deux mois après je reçus le sous-diaconat; ensuite, le diaconat qui m'enchaînait pour toujours. La veille j'eus un accès de désespoir affreux, je voulus me détruire, je voulus me sauver, je crus voir l'ombre de ma mère qui m'ordonnait de rester. La fièvre me dévorait; elle ne me quitta pas jusqu'à mon ordination, j'étais dans un état continuel de folie.

» Une fois prêtre, je voulus être fervent, je redoublai mes pénitences, mes veilles, j'avais résolu d'être un bon ecclésiastique. J'eus quelques succès d'amour-propre. Je prêchai, on prôna mon éloquence. Mon père m'encouragea par ses éloges, ou du moins il le crut; car chacune de ses paroles m'était odieuse. Dans le monde on s'occupait de moi. Quelquefois j'entendais dire à des femmes :

» — Quel dommage que ce soit un prêtre!

» Mon frère, ses amis, se moquaient de ma retenue et m'assommaient plus que jamais de leurs bonnes fortunes. J'avais résolu cependant de rester vertueux, et à tout prix je voulais l'être. Bien qu'il m'en coûtât, je poursuivais malgré moi un fantôme de bonheur que je ne voulais point atteindre, et qui semblait me défier. Partout je voyais l'image d'une femme dont je serais aimé, d'une femme comme toi, ma Suzanne, je rêvais ce moment et je m'apercevais que mon rêve ne serait compris par personne. D'ailleurs, mon habit, mon cruel habit! je ne le devais pas...

» Je ne saurais te dire ce qui se passa pendant trois années. Ce temps de ma vie est couvert d'un brouillard ; je sais que je ne sortais de ma chambre que pour l'église, et quelquefois, bien rarement, une visite à mon père.

» Un jour, Dieu! ce jour décida de ma vie, l'évêque de Tours, mon oncle, me proposa de m'emmener ici. Je n'avais jamais vu de profession, il devait officier à la vôtre, j'y consentis. Je te vis, et ta beauté me parut l'être qui m'avait poursuivi ; ta position semblable à la mienne, ton air de résignation angélique et ta douce piété me pénétrèrent d'un saint respect. Lorsque je donnai les ciseaux à mon oncle, lorsque tes beaux cheveux tombèrent à mes pieds, il n'y a rien de pareil à ce que j'éprouvai, je crus assister à un meurtre. Je ne pus m'em-

pêcher de parler à ta mère de ce que j'éprouvais;
je me mettais à sa place, je me faisais père d'une
telle fille et je croyais la perdre ainsi.

» Depuis lors toutes mes idées furent changées.
Ton image me suivait partout dans mes études,
dans mon sommeil, à l'autel même. Je sentis que
je t'aimais et que cet amour s'augmentait de ma
solitude et de mes combats. Mille fois mon secret
erra sur mes lèvres quand l'excellent père Bonnivet me demandait la cause de ma tristesse. La
honte me retint; je ne lui avouai point ce qui trou-
blait ma vie. Un ministre inconnu reçut ma confidence; il m'interdit longtemps l'exercice de mes
fonctions. Ses efforts, les miens ne te bannirent
point de mon cœur, tu devais y rester à jamais, en
faire la destinée.

» Tu sais comment notre vieil ami quitta la
place qu'il remplissait si dignement. Sans m'en prévenir il me la fit donner, et un matin m'annonça
que j'étais nommé aumônier du couvent de... Il
n'y a point de langues qui puisse exprimer ce que
j'éprouvai alors. La tête me tourna, je me serais
trouvé mal si un fauteuil ne se fût trouvé là pour
me recevoir. Il ne fallait pas accepter; refuser, je le
sentais : et refuser quoi? le bonheur de te voir
chaque jour, de te parler. Sans doute j'implorai

le Tout-Puissant, et après des irrésolutions sans nombre, je refusai.

» — Pourquoi, mon enfant? je ne connais personne à qui je puisse céder cette douce tâche avec plus de confiance. Vous m'affligeriez vivement en persistant à la rejeter : je vous le demande en grâce.

» — Les instances, les vœux que je formais en secret, triomphèrent de ma conscience, je consentis. Je voyais encore là des périls à vaincre et le mérite de la résistance, je comptai sur mes forces, et je me précipitai tête baissée dans le danger. Une épreuve sur laquelle je ne m'attendais pas, m'arriva dès le premier jour. Je voulus te confesser, et de quoi, grand Dieu! quelles étaient tes fautes! un amour sans objet, de vagues désirs! ce que j'avais éprouvé moi-même et à quoi il ne fallait qu'un objet pour devenir une passion comme la mienne. J'embrassai tout cela d'un coup d'œil, les plus violentes tentations m'assaillirent, je les surmontai, et tu te souviens de ce que je te dis à ce sujet.

» A la messe je priai pour toi, pour moi, je voyais que je n'avais que la main à étendre pour saisir le bonheur; mes vœux, mes devoirs triomphèrent encore. Ce fut le plus affreux moment de mon existence.

» Rentré chez moi, j'eus un accès de délire, je maudis mon père, mon frère, tes parents, tous les hommes enfin. J'enfantai mille projets plus extravagants les uns que les autres. Le lendemain, en te voyant, je repris du calme, une sécurité trompeuse s'empara de moi, je crus que ta présence vaincrait cette passion sacrilége, qu'elle disparaîtrait devant ta chaste innocence. Vaine erreur! je m'aperçus au contraire, au bout de quelque temps, non-seulement qu'elle existait toujours, mais encore qu'elle était partagée. C'est alors que ma tête se perdit entièrement, que ma santé se dérangea. Il fallait fuir ou succomber, je n'avais pas la force de l'un, et l'autre... je n'osais y penser. Cette idée bouleversait tout mon être; je ne sais où elle aurait pu me conduire si une aurore d'espérance n'avait pas lui pour moi.

» Je vis, dans un avenir lointain peut-être, je vis le moyen de nous délivrer de nos liens, de nous unir pour toujours à la face du monde. Cet avenir si lointain me rendit toute mon énergie, je ne te considérai plus que comme ma femme, et j'attendis patiemment ce qui vient de t'arriver : un aveu. J'ai redressé ma tête avec fierté, car il va m'être permis de m'élancer dans une nouvelle carrière où je n'aurai d'autres rivaux que mes rivaux en talents, je serai quelque chose, je reprendrai ma place : et tu

m'aimes, toi dont j'aurais payé un regard par tout
mon sang, et tu m'as donné ce cœur si pur qui n'a
battu que pour moi; cet amour est le premier sentiment, le seul peut-être qui t'occupe. Oh ! quelle
immense félicité ! rien n'en peut donner l'idée. Ma
bien-aimée, quand je suis là, près de toi, je ne suis
plus ambitieux, je ne hais plus les hommes, je pardonne tout ce qui est au-dessous de moi. Ton amour
m'élève au rang des anges, puisque tu es un ange
si parfait, toi ! Il n'y a au monde qu'un bonheur,
c'est toi ; mon cœur se brise de joie et n'y peut suffire ; être aimé de toi ! pour cela je consens à tout,
au sacrilége, au déshonneur, au crime ; mais je connais les délices de la vie, tu m'aimes ! »

Et ses bras la rapprochaient encore de lui ; inter-
dite, éperdue, exaltée par ce langage enivrant d'une
passion violente, elle osa lever ses yeux qu'elle avait
tenus baissés pendant ce long récit, qu'elle avait
d'abord à peine écouté et qui avait fini par l'occuper
tout entière, elle le regarda... Qu'il était beau dans
ce moment de triomphe et de délire !... Ce regard si
puissant sur elle, l'était mille fois plus encore alors :
elle ne le repoussa pas ; elle souffrit ses caresses.

— Et moi aussi, murmura-t-elle en cachant sa
tête sur son épaule, et moi aussi je suis bien heureuse !

Il l'entendit, il écarta de sa main les voiles qui lui couvraient le visage, leurs yeux se rencontrèrent ; il y avait tant d'amour dans ces deux âmes vierges encore. Et bientôt, pour la première fois, les lèvres d'Anatole touchèrent celles d'une femme.

En ce moment la cloche sonna, elle les rappela à eux-mêmes. Suzanne se vit dans les bras d'un homme, exposée à tous les regards, quelques secondes de plus, il ne serait plus temps de fuir : elle poussa un grand cri, baissa son voile sur son visage et se perdit dans les profondeurs du cloître.

Depuis ce jour, il n'y eut pas de repos pour la pauvre novice ; tout ce qu'il y avait en elle de vertu, se révoltait contre les séductions du prêtre. Elle sentait, elle voyait le crime entre eux deux ; elle cherchait un appui dans cette religion sainte qui n'en refuse à personne, et jusqu'aux pieds des autels, jusqu'au tribunal divin, elle retrouvait le tentateur qui égarait sa raison. Elle ne s'approchait qu'en tremblant de la chapelle qu'elle regardait néanmoins comme son unique refuge ; et bientôt, après s'être démis de ses fonctions à la sacristie, elle demanda et obtint la permission de s'adresser à un autre confesseur.

Depuis la scène fatale du jardin, Suzanne avait senti s'éveiller en elle ce besoin d'aimer que Dieu

nous donne à tous, et que le cloître ne peut qu'é-
touffer à demi par ses austérités. Suzanne, d'ailleurs,
tout en étant d'une nature douce et placide, d'un
caractère contemplatif et dévoué, avait l'imagination
trop facile à frapper, et le cœur d'une bonté trop
naïve pour ne pas sentir toutes les influences roma-
nesques d'un homme aussi profondément passionné
que l'était Anatole. Le devoir, ce puissant mobile
des âmes candides, luttait en vain en elle contre les
élans de sa jeunesse et de son cœur si désireux d'affection. En vain passait-elle des heures entières agenouillée devant une image de la Vierge, en priant
avec toute la ferveur d'une conscience timorée; le
calme passager que lui donnait la demi-extase de
ses célestes inspirations ne pouvait résister aux douces émanations des fleurs, à l'air tiède du jardin,
quand, le soir, elle allait y prendre ses récréations.
Alors les souvenirs arrivaient en foule : sa vie, sacrifiée aux exigences du monde, au bien-être de son
frère, au bonheur de sa famille, son isolement à jamais complet, et ce prêtre surtout, ce prêtre qui
avait déroulé devant ses yeux ces pages si tristes
d'une existence marquée au sceau de la fatalité. Cet
homme, jeune, beau, dont un seul éclair de ses
yeux prouvait la puissance énergique et la passion
comprimée, et puis encore cette étreinte amoureuse

8

qui brûlait toujours ses lèvres, ce serment que lui
avait fait Anatole d'être bientôt l'un à l'autre, toutes
ces funestes rêveries s'emparaient avec une telle
force de l'imagination de la malheureuse Suzanne
que chaque nuit, en rentrant dans sa cellule, elle
tombait affaissée sur son prie-dieu, comme ces pâles
fleurs que l'orage a si tristement brisées, et que
nulle rosée ne peut faire revivre.

La supérieure du couvent, inquiète de la pros-
tration où se trouvait la sœur Suzanne, avait enfin
consenti à ce qu'elle résignât ses fonctions de sacristine, et même à ce qu'elle prît un autre confesseur. La jeune recluse avait allégué à l'abbesse,
pour raisons de ce changement, les occupations in-
cessantes de l'abbé Anatole, et le désir qu'elle avait
de suivre avec assiduité les conférences non inter-
rompues d'un saint ministre de l'Évangile.

Le nouveau confesseur qu'avait obtenu Suzanne,
était un de ces prêtres rares, à cette époque surtout
où l'Église était une carrière plus souvent ouverte
à l'ambition et à l'intrigue qu'à une sincère et véritable vocation. — L'abbé Dauvin avait près de
soixante ans. Son front pur et ouvert, ses yeux doux
et calmes, son sourire affable et compatissant, annonçaient assez en lui cette pureté de l'âme si indul-
gente pour les fautes d'autrui. Toute sa vie s'était

écoulée avec cette uniformité poétique des ruisseaux
clairs et limpides qui ignorent les torrents. Aussi,
quand le bon père Dauvin vit pour la première fois
le visage pâle et douloureux de Suzanne, agenouillée
au saint tribunal de la pénitence, il fut comme ef-
frayé de l'expression des combats intérieurs qui se
peignaient si tristement sur la physionomie de la
jeune fille.

— Mon enfant, lui dit-il, confiez-moi vos peines
comme à un père. La miséricorde de Dieu est infinie, et nous ne sommes sur cette terre que pour
souffrir et obtenir par nos prières le pardon de nos
fautes et le bonheur des élus. Prions, prions ensemble, ma chère fille, implorons la grâce divine, et
nous pourrons peut-être surmonter les périls de la
vie qui nous sont envoyés d'en haut comme les
épreuves d'un meilleur avenir.

Sœur Suzanne se prit à pleurer amèrement, et
ce fut au milieu de ses larmes qu'elle déversa dans
le cœur du saint homme toutes les douleurs, les ap-
préhensions, les angoisses de ses tortures.

L'abbé Dauvin fut comme terrifié au récit de cet
étrange et funeste amour d'un prêtre avec une religieuse. — Jamais, dans toute son existence de confesseur, il n'avait été appelé à entendre d'aussi terribles aveux. — Son âme pure en était indignée, et

pourtant sa commisération naturelle cherchait déjà
de consolantes paroles pour cette brebis qui ne se
trouvait encore que sur le penchant de l'abîme.

Nous n'entrerons point dans tous les détails de la
vie presque mystique que le saint confesseur fit subir à sa pénitente après leur première entrevue. —
Un calme, sinon vrai, mais du moins apparent, s'é-
tait à peu près emparé de la jeune recluse. — Les
paternelles paroles de l'abbé Dauvin, ses prières in-
cessantes et son adoration pour l'image sacrée de
la Vierge, avaient fait de Suzanne un de ces êtres
à demi résignés, qui s'éloignent peu à peu de la terre
en élevant avec ferveur leurs âmes à Dieu.

La duchesse de Persac venait aussi, à des inter-
valles assez rapprochés, au parloir du couvent, et
là, tout ce que le cœur d'une mère peut donner de
tendres consolations à une fille bien-aimée, la duchesse savait le donner à son enfant qu'elle avait
cédée à Dieu, à ce tendre fruit de ses entrailles
qu'elle devinait triste et malheureuse sans en dé-
finir ni en rechercher les causes.

— Suzanne, chère âme de ma vie, lui disait la
duchesse, l'austère existence du cloître éprouve, je
le crains, votre faible constitution. J'ai appris avec
joie que madame la supérieure vous avait autorisée
à renoncer aux fatigantes fonctions que vous rem-

plissiez dans le monastère. Je sais que vous avez embrassé la carrière religieuse avec liberté entière et une conviction profonde ; mais ne vous arrive-t-il pas quelquefois, chère enfant, de regretter le monde et surtout les attraits irrésistibles que pourraient vous y donner votre naissance, votre famille et votre beauté ? quelques troubles secrets ne viennent-ils pas agiter la candeur de vos secrètes pensées ? n'aime-riez-vous pas mieux mener une existence plus mon-daine ? existence que vos souvenirs et mes entretiens vous rappellent peut-être sans cesse. — Parlez-moi, Suzanne, avec cette naïve franchise que vous aviez étant tout enfant, avec cette confiance profonde que l'on a toujours pour une mère.

— Je suis heureuse, ma mère, répondait Su-zanne ; et si parfois je vous parais triste et souf-frante, c'est qu'hélas ! je le sens, je ne puis atteindre à cette ferveur suprême qui fait de nous ici-bas des anges qui n'attendent plus que des ailes pour monter au ciel.

— Une dernière fois, Suzanne, s'écria la duchesse avec une voix tendre et pourtant empreinte d'une légère sévérité ; je vous engage, dans votre intérêt tout personnel, pour la tranquillité de votre avenir surtout, à bien réfléchir à ce que vous me dites. Je veux croire à la véracité de toutes vos paroles, et

8

pourtant, je lis peut-être mieux au fond de votre âme
que vous-même. Si vous devez succomber dans une
lutte que j'ignore, ne vaudrait-il pas mieux, fille
adorée, que votre mère trouvât pour vous un moyen
de vous épargner d'amers chagrins, hélas! inévi-
tables? Dites-le, il en est temps encore; mes relations avec la cour de Rome me donneraient peut-être
la facilité de faire rompre vos vœux.

— Non, ma mère; non, jamais, s'écria la jeune
recluse, je ne renierai mes vœux. Je vous aime de
l'amour le plus tendre, et je vous joins à toutes mes
prières; mais ma vocation est irrésistible, je suis la
fiancée de Dieu, à lui seul maintenant le pouvoir de
diriger mes pas sur cette terre d'expiation.

— Adieu donc, cruelle enfant, dit la duchesse. Le
cœur d'une mère peut se tromper dans sa sollicitude
clairvoyante, et si je m'abuse, que l'Être suprême
veille sur toi, puisque tu n'es plus sous les ailes ma-
ternelles.

Peu de jours après cette entrevue, par une belle
nuit d'été, Suzanne était à son prie-dieu, dans sa cellule. Ses fenêtres, qui donnaient dans le jardin de la
communauté, étaient ouvertes; l'air était pur, balsamique et si calme, que nul souffle ne faisait vaciller
la frêle lumière de la modeste lampe appendue dans
la cellule de Suzanne, au-dessus d'une image enlu-

minée de la Vierge. Cette nuit, si belle et si étoilée,
la quiétude mélancolique qui régnait dans la nature,
le parfum des fleurs du jardin venant en douces bouf-
fées se répandre dans les blonds cheveux de Suzanne
tout enfin, dans cette heure de silence, prédisposait
la jeune fille à ces rêveries harmonieuses qui font vi-
brer dans les cœurs encore purs les cordes d'une lyre
inconnue. — Cette suave musique intérieure, ces
rêves qui n'ont pas de but, ne sont-ils pas les étin-
celles de ce feu divin que nous appelons l'amour? Il
est de ces moments où la nature nous enveloppe de
ses mille séductions, et où chacun de ses organes
invisibles nous chante au cœur le mot : aimer. Ainsi,
Suzanne était dans une de ces extatiques prédisposi-
tions, mais ses pensées encore chastes se tournèrent
vers l'Éternel; et dans une de ces ferventes prières,
tout empreintes d'un céleste sentiment, elle ouvrait
son âme virginale à son divin fiancé, à son Dieu tout-
puissant et miséricordieux.

« Mon Dieu! s'écria-t-elle, en levant les yeux et les
mains au ciel, c'est donc vous seul que j'aime, c'est
votre majesté divine qui remplit mon être d'une affection que j'avais crue portée vers un autre! Ah!
qu'un présage... » Mais à ces mots, et comme par
une étrange coïncidence, un bouquet tomba sur les
mains jointes de Suzanne, et une lettre se détachant

du sein des fleurs, s'ouvrit comme par miracle sous
les yeux de la jeune recluse, tremblante et clouée à
son prie-dieu par une terreur invincible. Les yeux
de Suzanne se portèrent machinalement sur la lettre,
— elle ne pouvait en détacher ses regards ; et par ce
phénomène si naturel d'une séparation momentanée
de l'esprit et du corps, elle la lut plusieurs fois *sans
la lire* ; — peu à peu pourtant, chaque mot, chaque
phrase, chaque pensée de cette lettre vinrent frapper
son cœur d'une commotion électrique, et les pleurs
envahirent alors ses yeux, un frisson parcourut tout
son corps, et par un autre phénomène non moins
concevable, elle lisait et relisait les yeux fermés,
cette lettre qui ne contenait que ces quelques
lignes :

« Suzanne, chère Suzanne, le temps approche où
nous serons l'un à l'autre. — Nous l'avons juré, —
ne l'oubliez jamais. Si vous ne m'avez pas vu, si
vous n'avez pas entendu parler de moi, c'est que,
moi aussi, je porte ma pierre au nouvel édifice de
l'ordre social, et tout cela, ma bien-aimée, pour
que nous puissions bientôt rompre légalement les
liens de nos vœux insensés et nous réunir pour
toujours. L'amour m'a rendu fort et puissant. Notre
premier baiser, notre baiser de fiancés, ne me brûle

pas seulement les lèvres, c'est un incendie qui me
dévore tout entier. C'est lui qui me donne l'énergie
et la confiance, — car tu m'aimes comme je t'aime,
Suzanne, et le jour de notre délivrance va bientôt
sonner.

» ANATOLE. »

Cette lettre, qui aurait pu faire deviner à un esprit
plus clairvoyant que celui de Suzanne, toutes les passions qui fermentaient dans le cœur d'Anatole, et le
triste avenir que se préparait cet homme, dont l'ambition longtemps comprimée n'allait plus connaître de
bornes, n'eut, hélas! d'autre résultat pour la jeune
fille, que d'impressionner vivement son imagination
déjà naturellement portée au romanesque. — Serait-
il donc vrai, se disait-elle, qu'Anatole puisse faire
rompre nos vœux? — que le Saint-Père (Le Saint-
Père était pour cet être pieux et ignorant le seul ar-
bitre tout-puissant dans ce monde) lui accorde cette
grâce infinie, — oh! je pourrais l'aimer alors, lui si
beau, si noble et si bon. — Anatole! chère âme de
ma vie! — je te donnerai tout mon amour; — Dieu
le veut, puisque c'est en l'implorant que ta lettre
n'est arrivée comme par sa volonté divine.

La froide raison venait lutter en vain contre l'imagination bouleversée de cette âme aimante et faible;

— son éducation, ses principes, tout ce qu'elle avait entendu dire autour d'elle depuis son enfance, son naturel contemplatif, tendre et pieux, — rien ne pouvait résister à la terrible fascination qu'avait su produire Anatole. Il en était de Suzanne comme de ces oiseaux que le serpent attire et qui, malgré leur instinct de conservation, voltigent de branche en branche et vont se jeter d'eux-mêmes dans la bouche béante du reptile.

Suzanne avait caché la lettre d'Anatole dans son sein, elle y avait joint deux fleurs du bouquet, ainsi qu'un symbole mystique de son union avec Anatole. — Suzanne priait encore, mais ce n'étaient plus que des cris d'espérance pour l'avenir qu'elle rêvait, et sa conscience timorée cependant l'empêchait de s'approcher du saint tribunal de la confession. — Aussi, le bon père Dauvin, inquiet du silence de sa pénitente, résolut-il d'éclaircir ses doutes et ses craintes. La jeune recluse reçut l'ordre de se rendre à l'église et d'avoir une conférence avec l'aumônier. Ce saint homme obtint aisément l'aveu de tout ce qui s'était passé, et ses pieuses exhortations, la vérité rigide qu'il fit luire aux yeux de Suzanne, rejetèrent l'infortunée dans les combats perpétuels de la passion et de la sainteté des devoirs.

Toutes ces douleurs intimes qui dévastaient le

cœur de Suzanne, se renouvelèrent sans cesse, et
l'histoire de ce drame intime devint tout aussi uniforme que le lit d'un torrent qui tantôt parcourt avec
un calme apparent les rives émaillées de fleurs, et
plus souvent encore, court, dévastateur, briser toutes
les digues qui s'opposent au but qui l'attire.

Laissons pour un instant cette belle fleur agitée
par le vent des passions, et revenons à l'abbé Anatole, dont l'existence avait entièrement changé de
face, depuis que l'amour avait jeté son étincelle électrique dans le vaste foyer de son ambition et de ses
désirs vainement contenus.

A cette époque de notre histoire, la France s'agitait convulsivement sous les sourdes menées des
philosophes et des soi-disant réformateurs : le roi
n'était déjà plus qu'une ombre de puissance; tout
présageait les affreux malheurs qui devaient fondre
sur notre malheureuse patrie. L'esprit républicain
s'était développé, comme ces fléaux que Dieu nous
envoie dans sa colère, et l'on voyait des nobles et
des prêtres mêmes rêver les utopies du contrat social. L'abbé Anatole, avec son intelligence réelle-
ment profonde, n'avait que trop bien deviné tout ce
qu'il y aurait d'avantageux pour lui à se mêler à
toutes les intrigues de cette époque, et à poser pour
ainsi dire des jalons au nouvel édifice qu'il voulait se

construire pour l'avenir. Déjà très-influent dans certains clubs jacobins, où il se rendait déguisé pour cacher son caractère de prêtre, l'abbé Anatole était
parvenu, par la puissance d'une parole éloquente, à
s'entourer de séides de toutes les conditions. Mais
calme et prudent dans ce qu'il entreprenait, il attendait qu'un grand coup fût frappé par d'autres que
lui, pour jeter alors franchement son *froc aux orties*
et s'emparer d'une position politique que son habit
de prêtre lui interdisait pour le présent.

En cas d'événements qu'il présageait, Anatole
avait loué une petite maison peu éloignée du couvent où Suzanne se trouvait enfermée. C'était là
qu'il avait à tout hasard fait préparer un logement
convenable à deux personnes. — Un brave homme
et sa femme habitaient seuls cette maison comme
concierges. — L'abbé ne s'était fait connaître à
eux que sous le nom de M. Merlin, et les avait pré-
venus que bientôt peut-être il leur amènerait sa
femme.

Depuis, nous le répétons, que ce prêtre avait lâ-
ché la bride à ses passions, son caractère avait pris
une forme nouvelle. Actif et infatigable, il prévoyait
tout jusqu'aux moindres détails. Joignant la ruse à
la force, il savait plier à l'occasion, et tenir tête aux
orages quand il pouvait les dominer.

Convaincu pour ainsi dire de son influence sur Suzanne, cet ambitieux profond ne s'occupait que de ses plans politiques, et il en était déjà venu à pouvoir reléguer au fond de son cœur un amour que ses désirs ne pouvaient encore contenter. L'amour n'était plus pour lui que la jouissance et la possession; et c'est avec la patience des caractères énergiques qu'il attendait l'heure qui devait sonner l'accomplissement de ses projets sur la pauvre Suzanne.

Cependant la révolution marchait à grands pas. L'abbé Anatole, après avoir été membre des États-généraux, où il s'était fait remarquer par son talent oratoire et ses déclamations contre les abus, se trouvait à l'Assemblée nationale le jour où fut décrétée l'abolition des couvents dans toute l'étendue du royaume de France. C'est à son instigation (on l'ignore probablement) que ce décret fut prononcé: premier acheminement à la liberté entière que voulaient se procurer Anatole et quelques mauvais prêtres comme lui. Il avait trop d'astuce pour ne pas s'être donné de plus forts appuis que son seul mandat de député à l'Assemblée nationale : président d'un club de jacobins, lié d'amitié et d'intérêts avec plusieurs membres influents de la municipalité de Paris, Anatole se faisait souvent donner des mis-

9

sions qu'il ne remplissait avec zèle et adresse que
pour obtenir la popularité.

A peine le décret sur l'abolition des couvents fut-
il prononcé à l'assemblée, qu'Anatole se rendit à la
municipalité et se fit investir de tous les ordres nécessaires au but qu'il se proposait. De la municipalité, il se rendit à la petite maison qu'il avait louée,
et prévint le concierge que dans quelques heures il
amènerait sa femme qui venait de province ce jour-là
même à Paris. Pendant que le concierge et sa femme
préparaient tout pour recevoir leur nouvelle hôtesse,
Anatole s'enferma dans son cabinet et écrivit les
deux lettres que voici :

« Monsieur le comte,

» Vous avez été pour moi un père barbare et inflexible. Je vous le perdonne, à cause de ma pauvre
mère qui est au ciel. Vous êtes cause que j'ai suivi
une carrière en contradiction avec mes penchants
et mes goûts. Vous m'avez forcé d'être prêtre, et je
suis un mauvais prêtre. Ce que j'éprouvais d'énergie et de noble ambition en moi, vous eussiez pu
les faire tourner à la gloire de votre nom, au sou-
tien de cette aristocratie dont vous êtes si fier; et
je suis maintenant un républicain, et je n'ai plus
qu'une volonté, celle d'abattre l'orgueil de votre

caste et de fouler aux pieds vos préjugés. Je suis
votre ennemi enfin, et à tout jamais séparé de
vous... Je vous pardonne, ô mon père, non plus au
nom de ma mère, maintenant, mais pour la terrible
punition de vos erreurs, mais pour le gouffre affreux
où je suis tombé. Rien ne peut cependant m'arrêter
dans mon but. Les premiers pas sont faits, je ne
regarderai plus en arrière. Ainsi donc, mon père,
c'est ma dernière lettre et mon dernier conseil.
Fuyez, fuyez bien vite, allez rejoindre les vôtres à
l'émigration : il en est temps encore; dans quelques
jours peut-être il serait trop tard, et je ne pourrais
que me perdre en voulant vous sauver. Adieu, mon
père : une larme pour le passé, et un oubli éternel
pour l'avenir.

» ANATOLE. »

Cette lettre, sèche et fatidique comme un arrêt
du destin, n'indique que trop le cœur et les dispositions d'esprit d'Anatole, pour que nous en fassions
le moindre commentaire.

Voici sa seconde missive.

« Madame la duchesse,

» Au milieu des tristes événements qui viennent
fondre sur la France, une de ces épreuves terribles

que le ciel nous envoie, va faire déborder le vase
d'amertume de vos douleurs; que Dieu vous donne
la force, madame la duchesse, de supporter avec
résignation cette dernière infortune. Sœur Suzanne
était la fiancée de Dieu, elle est retournée vers lui.
Son âme est montée vers le ciel, en murmurant le
nom de sa mère. Ne la plaignez pas, madame la duchesse, elle était perdue pour vous dans ce monde,
et elle prie là-haut pour celle qui lui a donné le
jour.

» J'ai encore un dernier devoir à remplir auprès
de vous, madame la duchesse; c'est de vous prier
de fuir au plus vite cette Babylone maudite. Les
honnêtes gens ne peuvent plus y demeurer en sûreté; et ce n'est plus qu'à des apôtres comme moi
qu'il est permis de rester sur la brèche pour y attendre le martyre.

                              » L'abbé ANATOLE. »

On doit aisément comprendre les intentions d'A-
natole, en lisant cette dernière lettre. Décidé à rompre toutes les entraves, ce prêtre, qui ne reculait
devant aucun moyen, voulait isoler de tous, de la
famille surtout, la proie qu'il avait convoitée, et en
brisant lui-même les derniers liens qui l'attachaient
à ses parents, il se croyait maître de se livrer sans

crainte et sans scrupules à tout son amour, à toute
son ambition.

— Tout réussit à qui sait vouloir ! s'écria le prêtre
orgueilleux ; dans quelques heures d'ici je serai le
seul maître, le seul possesseur de Suzanne. Oui, à
moi les premiers élans de cette âme chaste et pure ;
à moi les étreintes de son premier amour, à moi les
plaisirs et la volupté ; à moi cette femme, au cœur
candide et faible, que je pétrirai à mon gré comme
une boule de cire. Je pourrai donc réaliser les plus
beaux rêves qu'un homme puisse avoir, l'amour et
la puissance : l'amour par Suzanne ; le pouvoir par
l'éloquence de ma parole et la sûreté de mes actions.

Anatole cacheta ses deux lettres, et après s'être
enveloppé d'un vaste manteau et coiffé d'un chapeau à larges bords, il sortit en recommandant de
nouveau aux concierges de rester sur pied toute la
nuit.

Après avoir traversé plusieurs rues désertes, quoiqu'il fît encore jour, le prêtre s'arrêta devant la
porte basse d'une maison à apparence sinistre. Les
murs étaient délabrés, et il s'en échappait, comme
d'un antre de démons, des cris rauques et terribles ;
tout le monde y parlait à la fois. Les mots vengeance, crime, sang, liberté, égalité, retentissaient
au-dessus de tous les autres. — C'était un club de

Jacobins. — Anatole entra. — A sa vue, un hourra
général retentit sous les voûtes : — Voilà le président, — vive le président. — Quelles nouvelles nous
apporte-t-il? qu'il parle, qu'il parle.

Le prêtre s'avança lentement jusqu'à une espèce
de tribune placée au centre de l'assemblée, et après
avoir rétabli le silence par un geste, il s'exprima en
ces termes :

« Citoyens,

» La France s'indigne enfin de toutes les infâmes
menées des aristocrates; chaque jour l'Assemblée
nationale prend de nouvelles mesures pour le bonheur de la patrie. Aujourd'hui encore, un nouveau
décret vient d'être formulé. Ce décret ouvre les portes à ces infâmes repaires où des hommes et des
femmes vivaient impunément des labeurs du peuple. L'abolition des couvents est déclarée. Voici le
décret, voici l'autorisation de la municipalité pour
aller nous-mêmes ouvrir les portes aux moines et
aux religieuses, et les faire rentrer dans la vraie voie
du bonheur, la fraternité et l'égalité générale. En
avant donc, citoyens, et vive la liberté! »

— Vive la liberté! hurlèrent les cent voix à qui

s'adressait Anatole, et tous se précipitèrent à sa
suite dans les rues tortueuses qui conduisaient à
leur repaire.

Il était entre huit et neuf heures. L'atmosphère
était lourde, le ciel couvert de nuées orageuses. —
Les religieuses étaient assemblées au réfectoire pour
prendre le repas frugal du soir. Une sœur lisait à
haute voix la vie de sainte Thérèse, lorsque tout à
coup sa lecture fut interrompue par un bruit épou-
vantable qu'on faisait à la porte du couvent. Des
cris, des imprécations, de violents coups de crosses
de fusils donnés sur les portes, étaient de temps à
autres dominés par une voix forte qui s'écriait :
« Ouvrez, de par la loi et la nation, ouvrez. » — Les
pauvres religieuses, frappées d'une terreur panique,
se levèrent de table et s'enfuirent de tous côtés dans
l'intérieur du couvent ; la supérieure, non moins
effrayée, mais plus calme, s'avança vers les portes
extérieures, suivie de la tourière et de deux sœurs
converses.

— Qui ose troubler ainsi le repos sacré d'une
habitation du Seigneur, dit-elle à travers les ais mal
joints de la porte.

— Allons, allons, répondirent plusieurs voix ensemble, pas tant de cérémonies, la vieille, ouvre tes
portes si tu ne veux pas que nous les enfoncions.

Que diable ! nous venons te donner la liberté et tu te regimbes. Dépêche-toi, où nous mettons le feu à ta case, et vous grillerez toutes en l'honneur de la sainte liberté, qui vaut bien à elle seule toutes vos coquines embéguinées.

— Silence ! s'écria une voix que la supérieure crut reconnaître, nous sommes ici pour accomplir un acte légal, faisons notre devoir, et vous aussi, madame ; veuillez donc ouvrir les portes, je le répète, au nom de la loi et de la nation.

La supérieure, craignant l'exaspération de cette multitude forcenée si elle résistait davantage, et à demi confiante dans la voix de celui qui avait l'air de dominer cette foule, fit un signe à la tourière, et les portes du couvent roulèrent sur leurs gonds.

A la vue du premier homme qui entra, la supérieure ne put s'empêcher de jeter un cri de surprise et d'effroi, car, malgré le déguisement qu'il portait, la religieuse avait reconnu l'abbé Anatole.

— Silence ! s'écria ce dernier, pas un mot, faites semblant de ne pas me connaître, je viens plutôt comme un protecteur ; faites ce que je vais vous ordonner, et je pourrai peut-être vous sauver des fureurs de cette populace effrénée.

Alors, élevant la voix :

— Madame, s'écria-t-il, faites apporter ici, dans

cette salle, à ces braves qui m'accompagnent, de quoi les restaurer d'un jeûne qu'ils savent supporter avec patience pour le saint nom de la liberté.

— Vive le président ! s'écria la foule, et en peu d'instans, grâce à l'empressement de la supérieure et des quelques serviteurs qui se trouvaient dans le couvent, des tables furent dressées et le vin coula à larges flots au milieu d'horribles imprécations et de grossières impiétés.

Pendant que l'orgie avait lieu, Anatole s'était rendu près de la supérieure, et après l'avoir mise au courant des événements qui se passaient, du décret qui venait d'être prononcé et des dangers qu'elle et toutes les religieuses couraient, dangers qu'il avait cherché à atténuer par un ordre soi-disant obtenu à la municipalité, sous le patronage de gens haut placés et défenseurs de la religion ; il engagea la supérieure à réunir tout le couvent, et à s'enfuir au plus vite dans un lieu sûr où elles pourraient attendre que les événements devinssent plus favorables.

— A l'archevêché, par exemple, ajouta le père Anatole, et ne tardez pas, car je ne pourrai, dans quelques instants, arrêter la fureur de ces insensés dont les cris sinistres viennent déjà jusqu'à nous.— Quant à moi, ajouta le prêtre, je suis venu ici pour

vous sauver, et aussi pour emmener auprès de sa
mère la sœur Suzanne dont la santé délabrée rece-
vra des soins que vous ne pourriez lui faire donner
dans l'espèce d'émigration momentanée que vous
allez malheureusement subir. Allez, ma sœur, rem-
plissons chacun notre mission, et prions Dieu de
pardonner à nos bourreaux et de nous jeter un regard de compassion pour tous les maux que nous
devons endurer.

Malheureusement, pendant qu'Anatole causait
avec la supérieure, quelques religieuses effrayées
étaient venues se jeter au milieu de l'orgie, comme
ces voyageurs égarés et saisis de vertiges qui vont
se précipiter dans le gouffre dont le tourbillon in-
cessant les fascine et les attire. A leur aspect, tous
ces hommes ivres se ruèrent sur elles en les acca-
blant de railleries cyniques et voulant les forcer à
boire avec eux, d'autres se précipitèrent dans l'intérieur du couvent, donnant pour ainsi dire la chasse
à ces malheureuses fuyant de tout côté. La confu-
sion était à son comble. Jetons un voile sur ces scè-
nes d'horreur.

Anatole était parvenu jusqu'à la cellule de Suzanne. La pauvre jeune fille s'était réfugiée derrière
son prie-Dieu, et là, les yeux égarés, la terreur
empreinte sur toute la physionomie, elle tenait con-

vulsivement serrée dans ses bras l'image sacrée de
la Vierge.

— Suzanne, chère Suzanne, c'est moi, c'est votre
fiancé! Vous êtes libre enfin, rien ne s'oppose plus
à notre bonheur. Venez, car nous n'avons pas de
temps à perdre; une horde barbare a envahi le couvent; vous n'êtes plus en sûreté dans ces murs; je
vous conduirai dans un asile où vous serez à l'abri
de tous les malheurs.

— C'est donc vous, Anatole, s'écria la jeune fille
en le regardant avec une douce émotion. Ah! vous
venez pour me sauver, n'est-ce pas? Je me confie à
vous et je vous suivrai partout?

Par un de ces élans si naturels aux cœurs purs et
naïfs, Suzanne, sous l'impression de terreur causée
par les événements qui se passaient au monastère,
ne voyait dans l'abbé Anatole qu'un ange sauveur
envoyé peut-être par le ciel pour la délivrer de l'affreux orage qui semblait fondre sur elle. Avec une
confiance entière elle s'abandonna aux soins du prêtre qui, après l'avoir enveloppée d'un manteau,
l'entraîna à pas précipités par les portes du jardin,
hors de ce couvent, où la pauvre recluse avait
trouvé, sinon le bonheur, du moins le calme que
donne la prière.

Nous connaissons déjà la maison qu'Anatole avait préparée. C'est là qu'il introduisit Suzanne, et après l'avoir déposée sur un sofa, il se précipita à ses genoux, et, prenant ses mains dans les siennes, il la contempla longtemps avec ce regard magnétique et profond qui avait tant de puissance sur la jeune fille.

— Chère âme de ma vie, lui dit-il d'une voix douce et insinuante, tu peux maintenant m'aimer sans contrainte; tes vœux sont brisés, les miens vont bientôt l'être, et le mariage sanctionnera nos vœux les plus chers. Mais tu ne réponds pas, mais tu es triste; ne vois-tu pas combien je t'aime, puisque pour arriver à toi j'ai tout sacrifié, et ma famille et mon avenir.

— Oh! si, je t'aime Anatole, je t'aime plus que mon frère, plus que ma mère chérie, je t'aime presqu'autant que Dieu; car ton image ne m'a jamais quittée ni dans mes rêves, ni même dans les prières que j'adressais à la Providence. Mais est-il bien vrai que nous puissions être heureux? les hommes ont-ils le droit de rompre les vœux que nous avons adressés à l'Éternel? Hélas! je suis ignorante des choses de ce monde, et malgré tout mon amour pour toi, une voix secrète me dit que je fais mal en t'écoutant. Oh! répète-moi, je t'en prie, que tout ce que nous faisons est bien, que nous n'offensons pas

la Divinité, et que nous pouvons vivre à jamais ensemble.

— Ne redoute rien au monde, mon ange bien-
aimé, nous avons beaucoup souffert tous les deux ;
ce sont de tristes préjugés qui nous ont entraînés
dans une voie contraire à notre véritable vocation ;
le célibat et la retraite n'étaient pas faits pour nos
deux âmes sœurs. Dieu a voulu qu'elles soient réunies, et c'est lui qui, au milieu des tourments qui
peuvent nous assaillir, nous accorde au moins la
facilité de pouvoir supporter l'un par l'autre les
épreuves difficiles de la vie.

— Merci, merci, mon bien-aimé, je te crois, tu
sais si bien faire disparaître tous mes doutes, mais
puisque nous devons nous marier, je...

— Ah! chère Suzanne, je sais ce que tu vas me
demander, et j'allais moi-même t'en parler. Ta
famille (et Suzanne fit un signe d'assentiment) doit-
être informée de tous nos projets, et je le vois dans
tes yeux, tu désires que je t'amène dans les bras
de ta mère, de cette excellente mère qui t'aime si
tendrement et se joindra à nous pour accélérer
notre union. Hélas! ma pauvre enfant, je ne voulais
pas t'attrister ; le duc et la duchesse de Persac et
ton frère le marquis, ont été forcés de quitter Paris
pour quelque temps. Tu ne sais pas, chère ignorante,

les bouleversements de la France. Notre bon roi, mal conseillé, a fait des imprudences, le peuple murmure et déploie sa haine contre notre aristocratie. Les nobles, pour ne pas empirer la position du roi, ont le courage de s'expatrier jusqu'à ce que l'effervescence populaire soit calmée; mais sois résignée, dans peu tu reverras ta mère chérie, et c'est avec son assentiment que je t'ai menée dans cette maison, où les braves gens qui l'occupent, te considèrent déjà comme ma femme; et c'est de cette manière que dans notre intérêt, nous nous mettrons à l'abri d'investigations compromettantes pour notre salut à tous.

C'est avec de pareils discours, aussi mensongers qu'ils paraissaient naturels, que le prêtre rusé endormait la confiance de Suzanne; que dire de plus que le lecteur ne devine déjà. Anatole en quelques semaines était parvenu à séduire la malheureuse Suzanne. Sous divers prétextes habilement ménagés, il empêchait sa captive de sortir de la maison, et tous les jours il lui apportait de traîtreuses consolations sur le sort de sa famille. D'un autre côté, Suzanne se trouvait heureuse; presque rassurée sur ses parents, toute dévouée à son amour pour Anatole, elle ne doutait pas un seul instant de la réalisation prochaine de son mariage, et du com-

plément de ses joies, en se voyant bientôt réunie
avec son mari et ceux qu'elle chérissait le plus après
lui, son frère et sa mère.

Les jours se succédaient pourtant sans amener
aucun résultat, depuis quelque temps même, Anatole
faisait de plus longues absences, son air était souvent grave et soucieux, et il restait absorbé des
heures entières, par de profondes préoccupations.
Suzanne savait calmer ses distractions pénibles,
par les tendres cajoleries d'une amante dévouée, et
Anatole recouvrait bien vite sa présence d'esprit,
et il faut l'avouer, la fougue de sa passion brûlante
qui embrasait Suzanne et l'enveloppait comme dans
un cercle de feu.

Anatole poursuivait, avec cette inflexible volonté
que nous lui connaissons, son but de liberté per-
sonnelle et d'ambition politique. Nous ne le suivrons
pas dans toutes les phases de cette vie tourmentée,
que chaque page de notre malheureuse révolution
peut offrir au lecteur; nous dirons seulement, en
quelques mots, que l'abbé Anatole se fit remarquer
comme un des plus fougueux orateurs de cette frac-
tion de la Convention qu'on appelait la Montagne.
Un des chauds partisans de Robespierre, il était
parvenu à se faire nommer membre du tribunal révolutionnaire, et pas de jour ne s'écoulait sans

qu'il envoyât des victimes à l'échafaud; sa rage se
tournait principalement contre les nobles, et aucun
de ces infortunés n'échappait à la fatale sentence;
c'était un homme devenu tigre, et qui, comme plusieurs de ses collègues de cette époque, allait cacher
dans le sein d'une douce et candide jeune fille, ses
griffes encore teintes du sang des martyrs.

Suzanne, la malheureuse Suzanne, la fille sainte
et pieuse, Suzanne, la fille de la duchesse de Persac,
avait été mariée sous l'arbre de la liberté. Suzanne
avec Anatole ! Suzanne la religieuse avec Anatole le
prêtre, par quels infâmes mensonges, par quelle fascination étranges Anatole avait-il pu faire une com-
plice de cette âme pure et candide... Hélas! il n'est
que trop vrai que les plus belles natures, si elles sont
faibles, peuvent être entraînées jusqu'aux crimes,
sans qu'on puisse pour cela accuser la pureté de leur
cœur. Il en est de ces âmes tristement privilégiées
comme des somnanbules qui parlent et agissent dans
leur sommeil sans que leur raison les dirige. Suzanne avait obéi aux injonctions de celui qu'elle aimait, et toutes les fourberies de son amant l'avaient,
sinon convaincue, du moins laissée dans le doute.
Cette pauvre recluse n'avait fait que changer de prison; ses journées se passaient à prier et à attendre le
retour de son époux; partagée entre les remords et

la profonde affection qu'elle avait pour Anatole : ce
n'étaient qu'angoisses et tristes joies pour ce cœur
meurtri. Tristes joies, car Anatole était devenu plus
sombre que jamais; son caractère, dont une habile
dissimulation avait su jusqu'alors voiler la dureté,
nous dirons même la férocité, apparaissait maintenant dans des éclairs terribles de colères, suggérés
par sa vie de meurtre.

Un soir que la malheureuse Suzanne attendait
avec anxiété le retour de son mari, un bruit inaccoutumé se fit entendre dans la rue ordinairement
déserte où elle habitait : elle s'empressa d'ouvrir la
fenêtre et de regarder si ce n'était pas Anatole
fuyant devant quelques malfaiteurs ; un homme parut en effet au détour de la rue, et apercevant une
fenêtre ouverte et la lumière qui projetait vivement
la silhouette de Suzanne sur le pavé, il s'écria :

— Sauvez-moi ! au secours ! je vous confie ma
vie ! une horde d'assassins me poursuit ! je suis
perdu si vous ne me donnez un refuge.

— Ouvrez ! ouvrez vite s'empressa de dire Suzanne aux deux braves gens qui lui servaient de
concierges.

Et l'homme poursuivi escalada avec les forces de
la peur les marches qui conduisaient à l'appartement
de Suzanne, et tomba évanoui à ses pieds.

—Que faire ? s'écria-t-elle, mon Dieu inspirez-moi, la physionomie de ce malheureux est douce et honnête, ce ne peut-être un criminel, ce doit être un de ces infortunés proscrits que poursuit la vengeance populaire; si du moins Anatole était là!

A ces mots, et comme si c'eût été un appel, des pas nombreux retentirent de nouveau dans la rue, la porte de la maison s'ouvrit, et Anatole apparut un sabre à la main, la ceinture tricolore à son côté et suivi d'une bande de forcenés armés de piques et d'armes de tout espèce.

— Mon ami, c'est un malheureux, un proscrit, sauve-le, s'écria Suzanne en se jetant au cou de son mari.

Les cris : à mort l'aristocrate! à la lanterne le traitre! se firent entendre derrière Anatole, qui, d'un geste significatif, indiqua la foule à sa femme et puis la repoussant avec une certaine dureté, il dit tout haut :

— C'est un noble, un ennemi de la patrie, à l'instant même il vient de s'enfuir de sa prison, vous voyez donc bien que c'est un coupable; que justice soit faite.

Et, se retournant vers la horde sanguinaire :

— Qu'on s'empare de cet homme! s'écria-t-il.

Au même instant, le malheureux qui se trouvait

étendu sur le parquet, la figure tournée vers le tapis,
se réveilla comme frappé d'une commotion électrique, au son de cette voix terrible, et se dressant
comme un fantôme sanglant devant Anatole, il s'a-
vança lentement vers lui, le regard fixe et les bras
croisés :

— Mon père ! s'écria Anatole, le front courbé par
la honte et la terreur.

— Oui ! ton père qui vient se livrer à toi, pour
que tu l'envoies à l'échafaud. Ne te souvient-il donc
plus que tu as été maudit, que ce dernier crime
manquait à tous tes forfaits, et que c'est la Providence qui m'a livré dans tes mains, pour qu'après
avoir été apostat et assassin, tu deviennes parricide.

Anatole leva un regard suppliant vers son père en
indiquant la foule attentive à cette scène, et élevant
la voix, il dit avec force :

— Un bon républicain ne connaît que ses devoirs,
un vrai patriote n'a qu'une famille, la république,
une seule adoration, la liberté. Qu'on emmène le
prisonnier, il sera jugé demain.

Et pendant qu'on exécutait ses ordres, Anatole se
pencha vers son père, et lui dit vivement :

— Niez tout, et je vous sauverai.

— Infâme, répondit le vieillard, tu n'as donc plus
une goutte de sang noble dans les veines, que tu oses

conseiller le mensonge à ton père. Va, âme de boue
et de sang, j'aime mieux la mort que de manquer à
l'honneur, je saurai être martyr, accomplis ton rôle
de bourreau.

Anatole baissa de nouveau la tête et laissa entraî-
ner son père. Mais à peine la porte fut-elle refermée
qu'il se laissa tomber affaissé sur un siége. Suzanne
le regardait avec un indicible mélange d'horreur et
de compassion. Mais si l'homme paraissait abattu, la
nature féroce l'emporta de nouveau, car se redres-
sant avec rage, cette bête fauve se mit pour ainsi
dire à rugir dans l'appartement, maudissant tout le
monde et son père et sa famille, jetant au ciel d'affreuses imprécations, d'horribles défis.

Suzanne tomba à genoux et pria le ciel avec ferveur, mais le ciel resta sourd aux plaintes de la malheureuse, l'expiation devait être complète; Anatole
se précipita sur sa femme avec fureur, la força de
se relever en la meurtrissant.

— Pourquoi priez-vous, lui dit-il, à quoi servent
ces vaines simagrées, est-ce que, s'il y a un Dieu, il
s'occupe de nous; venez-vous aussi me cracher à la
face un passé dont vous êtes aussi coupable que moi.
N'avez-vous pas renié vos croyances comme moi et
pensez-vous un instant que je souffrirai la révolte
dans ma maison, l'injure après la malédiction? Eh

bien ! si je suis un démon, je serai plus grand que Satan, et si je tombe dans le précipice vous y tomberez avec moi. Soyons maudits ensemble.

— O Anatole, ne blasphémez pas ainsi ! s'écria l'infortunée jeune femme, si ce n'est pour moi que ce soit pour votre père qu'on va traîner à l'échafaud, pour votre enfant que je porte dans mon sein ; votre enfant, entendez-vous Anatole, que ce doux espoir apaise vos fureurs et ne soyez pas mauvais fils, si vous voulez être bon père.

— Enfer et damnation ! hurla le prêtre dont la colère avait atteint le paroxysme de la folie, des récriminations et des plaintes, des conseils à un juge du tribunal révolutionnaire. Qu'on les amène tous devant moi, père, femmes et enfants, et je les condamnerai, et la hache du bourreau en fera justice.

Après ces effroyables paroles, il sortit comme un forcené, et ce ne fut qu'après avoir parcouru pendant plusieurs heures les rues de Paris, sans but et sans regarder devant lui, qu'il s'arrêta haletant et comme poussé par une main fatale et invisible devant la porte du tribunal révolutionnaire.

— Le sort en est jeté, s'écria-t-il, l'enfer le veut ! et il entra dans cette antichambre de la guillotine, qu'on osait appeler le sanctuaire de la justice.

Une foule compacte d'hommes et de femmes de

tout âge et de toutes conditions était entassée sur les
bancs des accusés qu'on aurait plutôt dû appeler le
banc des victimes. Au milieu de ces infortunés qui
tous savaient d'avance leur sort et l'attendaient avec
courage et résignation, un vénérable vieillard à cheveux blancs se faisait remarquer par une noble physionomie, à la fois empreinte d'une céleste résignation et d'une de ces douleurs profondes qu'on ne
pouvait attribuer qu'à quelqu'horrible malheur, et
non à la cruauté du supplice qui l'attendait.

C'était le père d'Anatole, leurs yeux se rencontrèrent, mais cette fois le regard d'Anatole fut implacable, comme s'il avait eu une vengeance à
exercer.

Le tribunal entra en séance. Nous savons tous avec
quelle effroyable rapidité, on ne jugeait pas, mais
on condamnait des malheureux dont tous les crimes
étaient d'être *accusés*. Le comte de... (nous ne devons pas citer un nom honorable traîné dans la boue
et le sang par un de ceux qui le portaient) fut aussi
condamné à *l'unanimité*. Pas une voix ne s'éleva en
faveur du vieillard et du père; qui donc aurait pu le
faire? il n'y avait parmi ces juges qu'un parricide
devenu bourreau.

— Merci, mon fils, dit le comte après avoir entendu son arrêt, je vous pardonne maintenant, vous

me donnez la palme du martyre, le jour n'est peut-être pas éloigné où vous me rejoindrez aussi sur l'échafaud, que Dieu vous inspire alors le repentir de tous vos crimes et qu'il vous pardonne comme je le fais en ce moment.

L'exécution de la fatale sentence eut lieu le lendemain, et depuis ce dernier crime qui mit le comble à tous ses forfaits, Anatole devint l'un des plus infatigables agents de cette époque sanguinaire.

Nous ne le suivrons pas dans l'effrayante série de tous ses crimes, car c'est déjà avec une profonde horreur que nous avons été obligés de nouer les faits trop malheureusement vrais de cette lugubre histoire. Arrivons bien vite à la dernière catastrophe qui vint clore la carrière d'Anatole.

Suzanne dépérissait à vue d'œil, et n'eût été le terme de sa grossesse, ce doux espoir de la maternité, qui donne aux femmes la force de supporter les plus poignantes épreuves, elle serait morte mille fois après toutes les secousses dont son existence avait été ravagée. Elle ne pouvait plus avoir d'amour pour Anatole, mais elle avait encore de la pitié pour le père de son enfant; tout son avenir s'était reporté vers Dieu, elle avait voué intérieurement à la Sainte-Vierge le fruit qu'elle portait dans son sein et elle était prête à tout, car elle sentait instinctivement que l'heure de l'expiation n'était pas loin de sonner.

Plusieurs jours s'étaient écoulés sans qu'elle eût aperçu Anatole. Des hommes à figures sinistres étaient venus le demander à plusieurs reprises. Inquiète, et malgré son état, Suzanne se décida un matin à aller à la recherche du seul être dont la destinée était irrévocablement attachée à la sienne, du moins elle le croyait.

C'était le 9 thermidor, des cris de réjouissance retentissaient dans Paris, le régime de la terreur allait enfin cesser. Suzanne, entraînée par la foule, se trouva malgré elle sur une place au milieu de laquelle s'élevait un infâme édifice de bois et de planches surmonté de deux énormes madriers peints en rouge, au haut desquels brillait un morceau d'acier tranchant dont les reflets faisaient baisser la vue. Un homme était là debout, regardant avec indifférence le peuple. Suzanne n'avait jamais vu la guillotine et le bourreau. Un galop de chevaux se fit entendre et l'on vit déboucher à une des extrémités de la place une escouade de gens à cheval accompagnant une charrette remplie d'hommes à figures hâves et consternées.

— Place! place! s'écria-t-on de toutes parts, les

voilà, les traîtres, les scélérats. A mort les terro-
ristes !

— Tenez, voyez-vous là-bas, dit à Suzanne un
homme du peuple qui se trouvait auprès d'elle, ce
petit qui a la face enveloppée d'un mouchoir teint
de sang, c'est ce gueux de Robespierre, il ne l'a pas
volé celui-là la guillotine; et Saint-Just, il était beau,
le lâche, la peur lui a décomposé les traits. — Tenez,
ma petite femme, dit l'homme en s'adressant toujours à Suzanne, en voilà un qui est le plus gueux
de tous, c'est un ancien noble, un ancien prêtre, il a
fait mourir son père sur l'échafaud, mais il va l'y
rejoindre, le scélérat... La malheureuse Suzanne
avait involontairement levé les yeux, la charrette
passait alors auprès d'elle; au mot de prêtre, de
noble, elle avait suivi le doigt indicateur de l'homme
qui lui parlait et elle tomba évanouie en reconnais-
sant Anatole. Lui aussi avait reconnu Suzanne, et
le vent emporta les dernières paroles du prêtre ex-
piant ses crimes; personne ne l'entendit et l'on ne
put savoir si la prière d'un père avait été exaucée,
si les remords et le désespoir s'étaient enfin emparés
de cet homme à sa dernière heure.

Suzanne fut transportée dans une maison voisine,
et là, toujours évanouie, au milieu d'horribles convulsions, elle donna le jour à une petite fille qui vit

les premiers rayons du jour au moment où la hache fatale tranchait l'existence de son père.

Par un hasard providentiel, ce même homme qui s'était trouvé près de Suzanne lors du passage de la fatale charrette et avait transporté la jeune femme jusques dans la maison où elle venait d'accoucher, cet homme, disons-nous, était un ancien et fidèle serviteur de la maison de Persac. Il reconnut Suzanne qu'il avait vue tout enfant, et après avoir donné quelqu'argent aux gens qui l'entouraient pour qu'on fût chercher un médecin, il éloigna les importuns et s'assit au chevet de l'accouchée.

Grâce aux soins intelligents du brave Georges (c'était le nom de cet ancien serviteur), l'infortunée Suzanne revint à la vie et à la santé, mais sa raison avait été altérée et ce ne fut que plusieurs mois après qu'elle recouvra ses facultés.

Georges avait une ferme en Bretagne, il y avait amené Suzanne et sa fille aussitôt que ces infortunées furent en état d'être transportées. Il fit venir une nourrice et lui confia la jeune fille, et après avoir tout préparé avec sa femme pour que Suzanne ne manquât de rien, il se dirigea vers une petite maison isolée et éloignée de quelques pas seulement de la ferme qu'il occupait.

Nous devons revenir sur nos pas et expliquer en

peu de mots au lecteur ce qu'étaient devenus les
personnages de cette histoire que nous avons laissés
dans l'oubli. Après la lettre qu'Anatole avait écrite
à la duchesse de Persac, le duc, la duchesse et leur
fils le marquis avaient émigré en Allemagne. Le duc
était mort de désespoir de ne pouvoir continuer sa
vie de luxe et d'insouciance. Le marquis s'était fait
bravement tuer à l'armée de Condé; et la duchesse,
retirée dans une modeste habitation sur les bords du
Rhin, pleurait le triste sort de son mari et de ses
enfants, car depuis la lettre d'Anatole, elle ne doutait pas que Suzanne ne fût morte.

L'abbé Dauvin, proscrit mais toujours fidèle à sa
religion, s'était réfugié en Bretagne, et c'est dans la
petite maison où venait d'entrer Georges que nous
allons retrouver ce bon prêtre, dont la piété et les
soins paternellement religieux donnés aux malheureux de la contrée, l'avaient rendu un objet de culte
sacré pour tous les paysans d'alentour.

Après le récit que lui fit Georges des événements
qui venaient de se passer, le bon père Dauvin se
leva vivement du fauteuil où le retenaient ses infirmités et son grand âge, et, aidé du fermier, il se
rendit auprès de Suzanne qu'ils trouvèrent à demi
levée sur son lit, les yeux fixés à terre avec une
morne stupéfaction.

— Mon enfant, pauvre égarée, dit le bon prêtre en s'approchant, revenez à vous, Dieu est miséricordieux; si vous avez été coupable, vous l'expiez cruellement ici-bas; un monde meilleur vous sera ouvert.

— Qui me parle? que me veut-on? Oui, je suis prête; me voilà. Je te rejoins sur la charrette, Anatole; notre mariage va être béni par le bourreau. Ton père, ma mère aussi, ma fille, car j'ai une fille. Je l'ai rêvé. Allons! allons, nous allons tous fêter le mariage et la naissance... là-haut; oui, là-haut... sur ces belles planches rouges... du sang... toujours du sang... Mourir... ah! c'est affreux!...

Et l'infortunée se mit à verser d'abondantes larmes, larmes bienfaitrices qui calmèrent peu à peu le cauchemar qui la poursuivait.

L'abbé Dauvin se mit à genoux; Georges et sa femme l'imitèrent et tous trois élevèrent leurs prières à Dieu. Plusieurs mois s'écoulèrent, nous l'avons dit, avant que Suzanne ne recouvrit entièrement l'usage de la raison; mais, hélas! il aurait peut-être mieux valu pour elle ne pas renaître à la vie; l'expiation devait être pleine et entière.

L'existence de Suzanne ne fut plus que larmes et remords, la vue même de sa fille ne la rendait que plus malheureuse encore en lui rappelant son ef-

froyable passé, et elle finit bientôt par s'éteindr
dans les bras du père Dauvin, dont les pieuses consolations ne purent jamais ramener la tranquillité
dans cette âme brisée par le malheur.

Avant de mourir, Suzanne avait tout confié au bon
prêtre, et sa vie et celle d'Anatole, et le vœu qu'elle
avait fait pour sa fille; elle le supplia d'exécuter
ses dernières volontés et d'élever sa pauvre enfant,
qu'on avait baptisée sous le nom de Marie, dans les
saints devoirs de la religion jusqu'à un âge où
l'abbé Dauvin pourrait lui apprendre la vie infortunée de ses parents et l'expiation qu'en attendait sa
mère.

L'abbé Dauvin, fidèle à la mission sacrée confiée
au lit de la mort, éleva Marie dans un cercle d'idées
si chaste et si pur, que la jeune fille elle-même
s'était destinée au cloître avant la révélation du fatal
secret de sa naissance.

Quand le père Dauvin lui eut confié la mission
qu'une mère mourante exigeait d'elle, Marie supplia
l'abbé de la faire entrer dans une communauté de
ces saintes femmes qui ont voué leur existence aux
malheureux.

La sœur Marie se fit remarquer parmi les sœurs
de la Charité par son assiduité aux chevets des malades, par sa piété incessante et par une mélancolie

10.

pieuse qui la font encore de nos jours regarder comme une sainte.

Marie ne pleure jamais; elle est sur cette terre comme la victime expiatrice de sa famille.

LA POLONAISE

I

Dans une pièce ornée avec le goût le plus parfait, et dans laquelle on admirait tour à tour les mille chinoiseries que peut rêver la petite-maîtresse la plus exigeante, de délicieuses bergères nées sous le pinceau de Watteau, enfin, tout ce qui composait un boudoir modèle à cette époque où la femme régnait en souveraine, et où on croyait à la majesté comme au bonheur des rois, reposait une ravissante créature. Assise sur un canapé en lampas bleu, couverte de fleurs et de dentelles, à peine on l'eût prise pour une jeune fille âgée de seize ans, sans la richesse de son costume, et peut-être aussi sans l'expression de ses yeux, plus animés que ne le sont des yeux qui ne voient que par le regard d'une mère, sans sa physionomie tendre et mutine, enfin sans les gestes boudeurs et gracieux qui lui échappaient, et qui prouvaient qu'elle attendait avec un impatient bonheur. On n'attend ainsi que celui qu'on aime ! Cette jeune femme s'appelait la marquise de Surville.

Mariée depuis peu de mois, adorée par son mari, belle, jeune et riche, elle semblait défier le sort de l'atteindre. Sa présentation à la cour, et surtout les paroles de bonté dont l'avait honorée la reine, lui avaient fait bien des jaloux ; sa beauté lui avait créé de dangereuses rivalités. Parmi les femmes qu'elle appelait ses amies, et l'une d'elles surtout, la vicomtesse de Landrecy, avait juré tout bas qu'elle ne pardonnerait jamais *à cette chère amie,* Gabrielle de Valcourt, de lui avoir enlevé le cœur et la fortune du marquis de Surville. Mais madame de Surville ne devinait pas le sentiment d'aversion qu'elle avait inspiré ; d'ailleurs elle ne croyait pas plus qu'on pût se venger, qu'elle ne croyait qu'on pût souffrir de certaines douleurs, pour elle la vie n'avait été qu'un long enchantement. Elevée par une mère qui l'idolâtrait et qui n'avait rien su lui refuser, Gabrielle n'avait jamais éprouvé la moindre privation, ni même ces légers tourments qui font pleurer un enfant gâté pendant des heures entières, puis qui s'oublient comme un rêve au bruit d'un baiser de leur mère, à la vue d'un présent nouveau.

Madame de Valcourt, veuve à vingt-huit ans, avait refusé les plus beaux partis de la cour, pour ne pas partager sa tendresse et ne rien enlever à sa fille; aussi bien des gouvernantes trop sévères avaient été congédiées par la mère trop faible. Une larme de sa fille causait une sorte d'épouvante à madame de Valcourt. Gabrielle, gâtée à l'excès, avait été sauvée par la bonté de son cœur; mais son caractère mobile et exalté, avait plus de fermeté que de douceur, plus de passion que de tendresse, et si l'abnégation est, de toutes les vertus, celle que devrait connaître la première une femme, madame de Surville ignorait même que cette vertu existât.

La marquise attendait donc dans son boudoir, et elle attendait depuis longtemps, car sa charmante figure se couvrit d'une rougeur plus vive qu'à l'ordinaire, ses sourcils se froncèrent légèrement, et elle regarda la pendule d'un air inquiet et agité; puis, légère comme un oiseau, elle se leva subitement, alla poser devant une glace de Venise placée dans un coin du boudoir, et se regarda avec une admiration naïve qui eût pu laisser croire qu'elle se voyait si belle pour la première fois, et que dans le contentement que firent rayonner ses yeux, il y avait encore plus de surprise que de coquetterie.

La jeune femme ne s'oublia pas longtemps dans cette innocente contemplation, elle vint reprendre sa place sur le sopha. Cette fois ce fut un magnifique mouchoir orné de dentelles qui témoigna de son impatience ; car elle le froissait vivement entre ses doigts, lorsque la porte s'ouvrit enfin pour laisser entrer un jeune homme, doué comme Gabrielle de tous les dons de la nature. La marquise rougit de plaisir, mais conserva son petit air boudeur, et hésita un instant avant de poser sa main dans la main qu'on lui tendait, puis elle se leva vivement, fit une profonde révérence, s'écriant avec un accent légèrement piqué :

— Comment se porte aujourd'hui M. le marquis de Surville, je croyais qu'il avait oublié son rendez-vous ?

Le marquis sourit sans répondre, ou plutôt ne répondit qu'en attirant vers lui la charmante enfant, et, comme les enfants, Gabrielle oublia sa colère.

— Je vous pardonne, dit-elle de sa voix la plus douce, mais ne recommencez plus, Charles, c'est si long d'attendre, et j'ai si peu de patience !...

— Je n'ai voulu devoir mon pardon qu'à votre

générosité, répliqua le marquis, maintenant voici mon excuse...

Le marquis sonna, la porte s'ouvrit aussitôt, et un valet de chambre vint déposer aux pieds de Gabrielle un paquet soigneusement enveloppé. M. de Surville, s'empressant d'ouvrir le mystérieux paquet, déploya devant Gabrielle une magnifique étoffe de brocard qu'il avait dû payer au poids de l'or, tant cette étoffe était alors rare et recherchée...

— Chère Gabrielle, dit-il avec amour, je veux que vous fassiez faire cette robe pour le prochain bal de la cour, vous n'avez certes pas besoin d'une brillante toilette pour être partout la plus belle, mais j'entends qu'on cite votre élégance comme on cite votre beauté. C'est là un arrêt vraiment tyrannique, êtes-vous disposée à obéir?

Gabrielle ne regardait déjà plus le don précieux qui lui était offert, mais elle regardait le marquis, et une larme vint briller dans ses yeux. Pleurait-elle de joie ou de repentir? c'est ce que M. de Surville ne se demanda même pas, trouvant que pour un tel remerciement aucun prix n'était trop cher.

La marquise s'en voulut d'avoir écouté son imagination plutôt que son cœur.

— Mon Charles! dit-elle d'une voix émue, que de bonté!... Oui, je porterai bientôt cette robe, mais une

fois seulement, je la garderai ensuite comme une re-
lique, avec ma robe de mariage ; l'une sera un souvenir de mon premier bonheur, l'autre, ajouta-t-elle
plus bas avec un geste plein de grâce, un souvenir
de ma dernière faute.

— Une faute, Gabrielle !...

— Ah ! mon ami, je rougis de vous avouer ma faiblesse ; pendant ces deux heures d'attente, pendant
que vous n'étiez occupé que de moi, j'ai pu vous accuser de m'avoir négligée pour un ami, pour un
plaisir.

— Vous êtes une ingrate, loin de moi la pensée de
préférer un plaisir à un bonheur !...

— A votre tour, soyez généreux. Ingrate envers
vous... ah ! peut-on l'être pour celui qui excuse nos
caprices, qui exauce nos désirs, même les plus
frivoles...

— Ce dernier mot me rappelle une prière que je
veux vous adresser, dit le marquis en l'interrompant,
quelle que soit la mode, et je sais qu'il est dur d'y
renoncer à votre âge, quel que soit votre désir
même, Gabrielle, et vous savez ce que sont pour moi
vos désirs, ne faites pas faire cette robe à la polonaise, je vous en supplie, surtout ne me demandez
jamais la raison de ce souhait, qui, je vous le jure,
n'est pas un caprice.

La voix de M. de Surville s'altéra en prononçant
ces derniers mots. Ce fut en étouffant un soupir que
Gabrielle promit d'obéir. Regrettait-elle un triomphe
de plus ou une discrétion inaccoutumée, c'est ce
qu'elle ne chercha pas à s'avouer de peur peut-être
de trouver deux faiblesses au lieu d'une.

II

Trois jours venaient de s'écouler, le marquis de
Surville avait été entraîné dans la terre de l'un de
ses amis par une bande joyeuse de chasseurs. Gabrielle, pour se distraire des ennuis de l'absence,
pour ne pas trop maudire une séparation qui devait
apporter à son mari quelque plaisir, pria à déjeuner
plusieurs de ses amies. La marquise était pâle et s'ef-
forçait de sourire, mais on devinait un chagrin à ses
yeux humides, à sa parole brève, et ses efforts même
la trahissaient. Les jeunes femmes la plaisantaient
sur sa faiblesse, la vicomtesse de Landrecy donna
l'exemple :

— Ah! ma chère marquise, que vous avez peu de
courage, soyez sûre que M. de Surville sait se conso-

11

lér, et qu'en retrouvant vos traits fatigués, vos yeux moins brillants, il ne vous en aimera qu'un peu moins; les hommes sont si ingrats.

— Je demande grâce pour monsieur de Surville, lui, ingrat, ah! vous ne le connaissez pas.

— Tôt ou tard, je vous le prédis.

— Valentine, vous êtes cruelle pour moi, injuste pour lui, et je sais bien qu'il pourrait m'accuser d'ingratitude avant de me donner le droit de lui adresser un pareil reproche.

— Ne trouvez-vous pas que Gabrielle a ce matin une générosité peu commune, s'écria la comtesse de Mortsauf en souriant d'un air malin?

— Et une prévoyance peu rassurante pour monsieur de Surville, répondit l'une des jeunes femmes.

— Mesdames, mesdames, vous êtes bien peu charitables aujourd'hui; en vérité, je ne vous reconnais pas... Mais puisque nous ne pouvons nous accorder sur le chapitre du sentiment, peut-être nous entendrons-nous mieux sur celui de la toilette; et quoique je refuse de croire à vos prédictions, je n'en veux pas moins suivre vos conseils... à propos d'une robe... une magnifique robe que m'a offerte avant-hier, pour dernière surprise, monsieur de Surville, bien méconnu par vous.

Lorsque la brillante étoffe fut déployée devant ces

jeunes femmes, très-dignes assurément d'en apprécier la beauté, il n'y eut qu'un cri d'admiration.

— Oh! c'est ravissant.

— Où peut-on trouver une semblable robe?

— Ah! votre mari est trop aimable.

— Ma chère, nous serons toutes éclipsées par
vous.

— Mesdames, vous êtes modestes, et je n'ai pas
cette crainte. Maintenant aidez-moi à me décider :
comment dois-je faire faire cette robe?

— A la Polonaise, s'écrièrent-elles à la fois.

— J'y ai renoncé, dit la marquise avec un léger
soupir.

— Est-ce possible? vous, renoncer à suivre la
mode la plus élégante qui se soit inventée depuis
longtemps, et la mieux trouvée pour faire ressortir
votre taille... mais quelle bizarrerie!...

— C'est simplement une fantaisie.

— De grâce, donnez-nous le mot de l'énigme, le
chagrin vous tourne la tête et vous voyez bien que
vous n'êtes pas plus raisonnable en fait de mode
qu'en fait de sentiment. Vraiment il est temps que
monsieur de Surville revienne.

— Mon Dieu, dit Gabrielle, il n'y a pas d'énigme,
mais une raison bien simple; monsieur de Surville
m'a priée de ne point porter de robe à la Polonaise.

— Voilà qui est bien plus original; dites-nous, je vous en supplie, la raison de cet arrêt :.

— C'est un arrêt si doux, que je n'en ai même pas demandé le motif.

— Ne le devinez-vous pas, dit la vicomtesse, c'est une jalousie du mari. Monsieur de Surville veut bien que sa femme soit très-brillante, mais il ne lui permet pas de paraître avec tous ses avantages, les maris ont parfois cet égoïsme-là.

— Oh! ce serait se donner un ridicule que monsieur de Surville est incapable d'avoir.

— Eh bien! si ce n'est pas par jalousie, il faut que ce soit pour une raison beaucoup plus grave, dit perfidement la vicomtesse; à votre place je serais bien curieuse de connaître le secret qui a nécessité une pareille défense.

— Oh! je ne suis pas curieuse, et d'ailleurs mon mari ne me défend jamais rien, dit Gabrielle un peu piquée.

— Oh! il ne faut que s'entendre sur les mots : votre mari vous laisse maîtresse de vos actions, à la condition que vous n'agirez que d'après sa volonté... Tous les maris en arrivent là... et voilà déjà monsieur de Surville qui commence. Tôt ou tard, je vous le disais bien... il me semble même que c'est trop tôt.

— Oui, dit madame de Mortsauf, je crois, comme madame de Landrecy, que ce désir cache un secret... peut-être une aventure.

Gabrielle devint pensive en se rappelant l'agitation du marquis. La vicomtesse s'en aperçut :

— Vous avez deviné mieux que moi, dit-elle vivement. Une aventure... mais c'est certain; quelque serment fait à une belle dame d'empêcher notre chère Gabrielle de paraître avec toutes ses grâces. Comment expliquer autrement que par un serment la bizarrerie de sa recommandation.

Gabrielle avait pâli en écoutant cette insinuation dont la vicomtesse reconnaissait l'invraisemblance, mais à laquelle elle ne paraissait croire que pour jeter la défiance dans le cœur de la marquise.

— Votre supposition est pour le moins effrayante, dit-elle en s'efforçant de sourire.

— Il y a un moyen infaillible de savoir si elle est juste.

— Lequel? s'écrièrent en même temps toutes les jeunes femmes.

— A la place de madame de Surville, je résisterais à cette fantaisie inexplicable, je ferais faire ma robe à la Polonaise, montrant ainsi à mon mari que très-disposée à obéir à des désirs raisonnables, je ne cède pas aussi facilement à des caprices. En excitant un

instant son dépit, je surprendrais aisément ce secret
que, selon moi, Gabrielle doit connaître à tout prix.

— Cette épreuve me coûterait peut-être trop,
chère Valentine, j'aime mieux garder mes illusions.

— Vous êtes libre; mais que vous êtes jeune, mon
Dieu, que vous êtes jeune! gâter son mari, c'est gâter
son bonheur. Ces Messieurs s'habituent à notre
obéissance, et plus tard, quand les arrêts se suc-
cèdent, si on veut essayer la moindre résistance,
on reçoit mille reproches; on se repent d'avoir trop
cédé, mais il n'est plus temps. Tous les ménages se
brouillent ainsi, nous sommes trop faciles dans le
commencement.

— Madame de Landrecy parle trop bien pour ne
pas s'être repentie bien souvent; croyez-en son expérience, Gabrielle. Et puis vous ne risquez pas
beaucoup, le marquis pardonnera vite en vous voyant
si belle... N'est-il pas bien amoureux?... s'il l'était
moins que nous ne pensons, la querelle, il est vrai,
serait vive.

Ce doute piqua Gabrielle; l'amour-propre révolté
et la jalousie, ont rarement produit d'heureuses inspirations. Habituée à ne jamais plier, elle s'étonnait
elle-même d'éprouver une privation quelque légère
qu'elle fût, et le soir, après le départ de ces jeunes
étourdies, elle resta longtemps pensive, se deman-

dant s'il n'était pas moins dangereux de suivre leurs conseils, qu'il ne serait humiliant de céder à un pareil caprice.

II

Il y a des familles privilégiées où le cœur, l'esprit, la beauté semblent s'être réfugiés pour n'en jamais sortir, et qui ont pour apanage toutes les vertus comme tous les bonheurs ! Par un hasard tout contraire, il y en a d'autres sur lesquelles le génie du mal semble avoir versé tout son venin. Certes, dans les villes et aux champs, dans le pays le plus civilisé comme dans le pays le plus sauvage, cet amour de soi, si instinctif et si cruel, fera fuir à tout jamais la demeure de l'infortuné qu'une horrible maladie condamne à vivre isolé, à souffrir deux fois, puisqu'il souffre sans secours comme sans consolation ; mais l'homme qui a tant d'énergie contre le malheur, a presque autant de faiblesse contre le vice, et tour à tour inhumain et crédule, il abandonnera la victime pour accueillir le bourreau.

Qui donc osera marquer son mépris dans la vie du

monde à l'être méprisable qui a su se faire craindre et qui a tout fait pour se faire haïr? Si cet homme est riche, s'il a fait ses preuves de courage, c'est-à-dire s'il a versé beaucoup de sang dans des duels retentissants, il sera reçu partout, il aura de joyeux amis qui l'encenseront, les coquettes lui accorderont leurs plus gracieux sourires, tant elles auront peur d'être atteintes par la parole envenimée de ce fat qui ne respecte rien, ni la vertu à laquelle il ne croit pas, ni la religion dont il se joue impudemment.

Hypocrite et cruel, fin et railleur impitoyable, à la fois avare et prodigue, refusant tout à l'infortune et accordant tout à l'ostentation, le chevalier de Bagneul n'avait d'autres titres à la faveur du monde qu'une fortune naguère brillante et des vices trop connus; pourtant il était de toutes les fêtes; son nom, prononcé à la porte des salons dorés, causait bien des émotions diverses, et le chevalier entrant fier et presqu'insolent, recueillait cependant partout des compliments de bienvenue. Une seule affection, si un pareil être peut aimer, paraissait animer le chevalier, sa sœur était tout pour lui. N'était-ce pas d'un seul mot peindre ce qu'était sa sœur, la vicomtesse de Landrecy! Aussi la haine du chevalier de Bagneul contre la marquise de Surville surpassait-elle de beaucoup celle que lui avait vouée madame de Landrécy. Il avait longtemps rêvé pour Valentine le titre de marquise, et tous les avantages que devait lui apporter son union avec M. de Surville; lorsqu'il lui vit préférer mademoiselle de Valcourt, il jura de venger l'outrage qui retombait sur lui, et il confondit dans sa haine Charles et Gabrielle.

Mais le serpent, avant d'atteindre le lion, a bien des détours à suivre, bien des écueils à éviter; son mortel venin, que chacun redoute, n'excite pas la crainte du noble animal, qui d'un seul bond peut écraser tout à coup son ennemi. Cependant, ne le sait-on pas, la perfidie n'a-t-elle pas souvent triomphé du courage? la lutte n'est-elle pas trop inégale contre celui qui s'endort confiant et superbe, et celui qui ne cesse de veiller parce qu'il est lâche et cruel? Ainsi M. de Bagneul, si haï et si redouté, redoutait à son tour le noble caractère du marquis de Surville. L'attaquer ouvertement était impossible, et il avait une de ces haines plus dangereuses encore pour celui qui la ressent que pour celui qui l'inspire. M. de Bagneul était trop corrompu pour ne pas être dissimulé, pour ne pas savoir attendre l'heure de la vengeance sans jamais se trahir! Il avait la science du mal!

Le hasard venait de rapprocher M. de Surville et M. de Bagneul; celui-ci, avant de partir pour la terre

11.

de J***, où il savait trouver le marquis, avait laissé ses instructions à sa sœur, en se plaignant d'être peu secondé par elle et en exaltant une disposition qui n'était déjà que trop développée chez cette femme, digne émule de son frère. Le premier soin de madame de Landrecy, en quittant l'hôtel de Surville, fut d'écrire au chevalier; elle lui raconta comment, à propos d'un sujet bien frivole, elle avait su exciter les soupçons et la jalousie de la marquise, faire naître en son esprit le premier désir de révolte, en l'attaquant par le cœur, par ce côté faible des femmes; car dans tous leurs égarements, toutes leurs folies, enfin dans toutes leurs actions sublimes ou insensées, c'est toujours leur cœur qui les entraîne ou les sauve!

Madame de Landrecy, en écrivant à son frère, n'avait eu qu'un but, celui de lui prouver qu'elle commençait à profiter de ses leçons, à mériter sa confiance. M. de Bagneul comprit aussitôt le parti qu'il pouvait tirer de sa confidence, un étrange sourire entr'ouvrit ses lèvres lorsqu'il eut achevé la lecture de cette lettre, et il ne fit pas attendre sa réponse.

Elle était bien longue la lettre du chevalier; avant de traiter le sujet qui la lui faisait écrire, il avait voulu, pour mieux tromper, raconter minutieuse-

ment ce qui se passait au château de***, leurs chas-
ses, leurs festins joyeux, leurs mille folies; puis avec
un art perfide et comme par hasard; après avoir
parlé des prouesses du jour, il voulut parler sentiment, faire partager à sa sœur l'*indignation* qu'il
avait ressentie, le *désenchantement* qui s'était emparé de lui en voyant que, comme les autres, cet
homme que l'on voulait prendre pour modèle, dont
on vantait la générosité, le dévoûment, la vertu,
cet homme n'avait dû son bonheur passé qu'à son
hypocrisie, et ne devait son bonheur présent qu'à
la crédulité de sa femme, qu'il sacrifiait à une maîtresse.

— « Le croiriez-vous, Valentine (écrivait le chevalier), le marquis de Surville, qui a la plus jolie
femme de la cour, la plus enviée, la plus digne
d'amour, le marquis de Surville se vante d'un
affreux partage, les caprices de sa maîtresse décident
des désirs de sa femme, et c'est pour obéir à celle
qu'il aime, qu'il a imposé à la marquise un sacrifice
bien léger en apparence, mais dont vous apprécierez
mieux que moi la valeur. Après avoir fait don à
madame de Surville d'une magnifique étoffe qu'elle
doit porter au prochain bal de la cour, Charles a
exigé que cette robe ne fût point faite à la Polonaise.
Je ne vous apprendrai pas que c'est de toutes les

modes du jour la plus élégante ; vous devinez comme moi à quel point elle eût fait valoir la délicieuse taille de votre amie ; vous qui l'aimez si tendrement, vous ne pardonnerez pas, j'en suis sûre, à M. de Surville, son bonheur si peu mérité et que tant d'autres auraient payé chèrement, cette légèreté presqu'aussi grande que la faute elle-même, surtout cette cruelle infidélité faite à la plus pure des femmes. »

Madame de Surville savait que malgré le rapprochement, la lettre écrite la veille au château de***, n'arriverait que le lendemain ; M. de Bagneul fit donc partir un courrier à franc étrier, ajoutant par P. S.

« — Courez à l'instant chez Gabrielle, montrez-lui cette lettre trouvée, direz-vous, à votre retour de chez elle et que quelques visites vous ont empêchée de lui porter plus tôt. Avec une tête comme la sienne, un talent comme le vôtre, j'imagine que nous verrons prochainement la marquise habillée en Polonaise, et le marquis plus jaloux qu'un tigre ; nous rirons de cette aventure. Que dites-vous de mon invention ? »

IV

Toute la bande de chasseurs conviée au château de *** était réunie dans la salle d'armes; le repas venait de finir et les liqueurs circulaient, ainsi que les joyeux propos, parmi les chasseurs assis autour d'une table ronde. Un violent orage éclatait en ce moment, mais les chansons et le bruit des verres couvraient le fracas de l'orage; c'était à qui aurait la gaîté la plus folle et la tête la plus forte. M. de Bagneul s'observait pourtant, ne voulant pas manquer une occasion qui lui semblait si belle, et craignant, s'il se laissait aller à boire, de perdre l'espèce de retenue qu'il savait emprunter depuis quelque temps lorsqu'il se trouvait réuni au marquis.

La conversation ne tarda point à s'établir sur le chapitre des femmes; pouvait-il en être autrement? Après avoir parlé des divinités du théâtre, on s'occupa des intrigues de la cour, chacun savait une aventure plus ou moins piquante, et se défendait d'en être le héros avec une modestie affectée qui en disait autant qu'un aveu. M. de Bagneul avait une

réserve inaccoutumée, et M. de Surville laissait parfois échapper de ces sourires qui semblent dire :

« J'ai passé par là, et je n'envie point vos con-
quêtes. »

— Marquis, vous me semblez d'un dédain superbe, s'écria gaîment le duc de Nocé, le maître du
château ; décidément me voilà convaincu, je n'avais
jamais pu croire que la lune de miel rendît féroce à
ce point. Quoi ! les beaux yeux de madame de Valencé ne vous feraient point rêver, l'esprit de la comtesse de Noailles ne vous ferait point tourner la
tête?... Quant aux grâces de la Guimard, je ne vous
demanderai point si elles vous laisseraient insensible.
N'être pas séduit par madame de Valencé, c'est être
invulnérable.

— Vous vous trahissez, prenez garde, mon cher
duc, lui cria-t-on de toute part.

— D'ailleurs, ajouta M. de Bagneul, il me semble
que madame la marquise de Surville a des yeux
bleus capables d'éclipser les yeux noirs de la duchesse (pardon, Nocé), et un esprit qui, pour être
bien jeune, rendrait jalouse madame de Noailles.
Vous vous attaquez mal, mon cher, et si vous n'étiez
pas amoureux, je m'étonnerais à mon tour; mais
que ne passe-t-on pas aux amoureux !

— Amoureux ! soit, dit le duc, mais n'est-ce pas

mon métier comme le vôtre, Messieurs? tandis qu'un
mari, un mari amoureux, en vérité cela fait pitié.

— Je crois que voilà une pitié qui pourrait s'appeler envie, dit le marquis en souriant, c'est chose
assez rare qu'un pareil bonheur.

— Un bonheur si rare et si court qu'on devrait
l'appeler un bonheur d'un jour.

— Voilà un défi, Surville.

— Je ne me croirais pas téméraire, en l'accep-
tant.

— Prenez garde; si cette sécurité fait l'éloge de la
marquise, elle fait aussi le vôtre, et vous n'aimez
pas qu'on se vante.

— Je suis trop profondément convaincu que c'est
la femme qui fait tout le bonheur ou le malheur de
notre vie, pour croire qu'il peut me revenir quelque
mérite d'une confiance bien entière, je l'avoue.

— Les hommes tiennent rarement un pareil langage; gardez longtemps vos illusions, mon cher
Surville, nous vous le souhaitons.

— Hélas! si les femmes n'étaient pas des coquettes,
elles seraient des anges, dit à son tour le chevalier
de Bagneul; mais la femme qui aime le mieux, nous
aime encore moins que ses fleurs et ses dentelles.
Pour ma part, j'ai vu plus d'un galant homme sacrifié à un besoin cruel de plaire à tous, qui n'aban-

donne jamais une femme, même la plus noble et la plus aimée.

— Si je connaissais une femme qui ne fût point coquette, fût-elle laide, presque laide, je lui élèverais un autel et je ferais vœu de fidélité.

— Mon cher d'Entragues, ce serait un double miracle, et c'est beaucoup plus qu'on ne doit raisonnablement espérer.

— Quand je me marierai, dit le chevalier, si je crois à l'amour de ma femme, je m'empresserai de la mettre à l'épreuve; si elle succombe, je me dirai : je connaissais bien le cœur humain; si elle résiste, je serai le plus fortuné des hommes.

Le marquis souriait avec complaisance.

— Une épreuve! croyez-moi, n'en faites rien, dit Nocé; je suis bien crédule, mais je ne crois pas que l'épreuve vous rendît plus heureux, je défierais une femme d'en sortir victorieuse; et, si c'était possible, j'avoue que le mari d'une pareille femme aurait bien le droit de l'aimer toujours... ai-je dit toujours?

Le marquis ne se contint pas davantage : — Cette fois vous vous adressez bien, Nocé, s'écria-t-il; on assure qu'un homme doit être indiscret jusqu'au jour de son mariage, moi, je veux bien me donner un tort pour vous prouver mon estime.

Il appuya sur le mot.

— Sachez que j'ai mis ma femme à l'épreuve, j'avais, il est vrai, un autre but que celui de l'éprouver, je n'en tenais que davantage au succès, eh bien! la marquise a obtenu sur elle-même ce triomphe que vous croyez impossible, monsieur de Surville.

— Oh! ce n'est pas tout, il nous faut savoir quelle était l'épreuve, dit le chevalier.

Le marquis sembla hésiter, son front s'obscurcit un instant.

— Eh bien! dit-il, indiscret jusqu'au bout, Nocé, vous qui admirez tant la nouvelle mode des robes polonaises, vous comprendrez mieux qu'un autre le sacrifice de la marquise, elle a consenti à ne *jamais* porter une robe de cette façon. Songez qu'elle n'a que dix-sept ans, que cette mode, qui l'embellirait, je l'avoue, doit durer longtemps, et que des femmes qu'on nomme sensées ne savent pas résister à cet empire de la mode.

— C'est admirable, dit Nocé.

— Honneur à M. de Surville, dit le chevalier en se levant et en portant un verre à ses lèvres.

— D'Entragues, vous voilà menacé de bâtir un autel et de devenir rangé.

— L'autel sera bâti quand celle qui le mérite voudra accepter mon vœu, dit d'Entragues en serrant la main du marquis.

— Entendez-vous l'orage, Messieurs? cria le chevalier, demain nous ouvrons la chasse de bonne
heure et il est bien tard.

Il n'y eut qu'un hourra : les convives se levèrent.
Le marquis se disait tout bas qu'il voudrait bien
échapper au lendemain pour revoir Gabrielle, le
chevalier se promettait de ne pas manquer au prochain bal de la cour, pour jouir de la colère du marquis, des railleries amères que lui adresseraient tous
ceux qui venaient d'être initiés à ce secret. A cet espoir d'un jour de vengeance, le chevalier s'endormit
content.

V

Madame de Landrecy venait de quitter la marquise, qui s'était enfermée dans sa chambre à coucher aussitôt qu'elle se trouva seule : c'était un triste
spectacle que celui de cette jeune femme livrée au
désespoir, à la jalousie, éprouvant tour à tour les
tortures d'un cœur brisé dans ce qu'il a de plus cher,
et les frémissements d'un esprit en délire qui jure
de se venger.

En écoutant la fatale lettre qui venait détruire son

bonheur; madame de Surville avait su se contenir par l'excès même de sa douleur; les pleurs qu'elle eût versées devant madame de Landrecy lui eussent semblé une profanation, ou plutôt les larmes n'au-caient pu s'échapper de ses yeux devenus fixes et presque égarés; elle se leva n'écoutant ni les per-fides consolations de la vicomtesse, ni ses conseils plus perfides encore, n'entendant que les battements de son cœur et ces mots : un *affreux partage*, une *cruelle infidélité*. Madame de Landrecy commençait à s'effrayer de l'état de Gabrielle; elle avait compté sur une jalouse colère propre à servir sa vengeance, elle n'avait pas songé au désespoir, elle qui ne savait pas ce que c'était qu'aimer; elle courut à la mar-quise, saisit sa main, en s'écriant :

— Gabrielle ! revenez à vous, voulez-vous que j'appelle.

Ce brusque mouvement fit tressaillir Gabrielle. Machinalement ses yeux se portèrent sur une glace, elle se fit peur : alors un étrange sourire contracta ses lèvres.

— Merci, ma bonne Valentine, de votre amitié, de vos soins; je ne souffre pas, je ne suis pas si faible que vous semblez le croire, mais je vous demande la permission de rester seule, j'ai besoin de me re-cueillir.

Ce sourire, ces paroles calmes rassurèrent madame de Landrecy, et ce fut avec empressement qu'elle sortit de l'appartement, en lui disant :

— Du courage !

Son rôle commençait à lui peser ; elle ne se repentait pas encore, le remords ne pouvaient arriver si vite dans une âme aussi endurcie. Le malheur de la marquise devait s'accomplir, car les remords sont toujours trop tardifs pour sauver la victime.

Quand elle fut seule, la marquise sembla retrouver son âme un instant prête à lui échapper. Les premières larmes qu'elle eût versées de sa vie coulèrent brûlantes sur sa pâle figure. Il n'y avait que de la douleur et de la tendresse au fond de son cœur, et si son Charles eût été près d'elle en ce moment, Gabrielle se serait jetée à ses pieds en lui demandant grâce, en le suppliant de l'aimer encore, de songer à sa jeunesse et à son amour, d'avoir pour elle un peu de pitié puisqu'il lui refusait sa tendresse ; enfin, elle lui eût demandé pardon de n'avoir pas su se faire aimer. C'était la jeune fille tendre et naïve qui ne connaissait que la vertu, qui ne croyait qu'au bonheur, ignorant tout mensonge, tout parjure ; c'était l'ange que le monde n'a pas encore flétri ; hélas ! il y a bien peu d'anges sur la terre.

Ce ne fut qu'un fugitif pardon : tout à coup les

larmes s'arrêtèrent, un cri sourd s'échappa des lèvres
de Gabrielle, elle avait pardonné à celui qui ne l'aimait plus, pouvait-elle pardonner à celui qui en aimait une autre, qui l'avait trompée en l'arrachant
des bras de sa mère, en lui promettant de la protéger
comme son enfant et de la sauver de tout malheur.
En un instant tout fut bouleversé dans cette âme
naguère si pure. Gabrielle, qui n'avait encore compris que les joies de l'âme, fut soudainement initiée
aux mystères de la passion. Elle n'était qu'aimante
et malheureuse, elle devint presque insensée lorsqu'elle sentit les cruelles atteintes de la jalousie.

— Oh! s'écria-t-elle, un partage, un affreux partage! quelle trahison, quelle cruauté! que lui ai-je
donc fait pour me traiter ainsi, moi qui l'aimais tant!
J'aurais mille fois donné ma vie pour conserver la
sienne, et je ne me serais sacrifiée que pour une ri-
vale. Oh! c'est impossible, ajouta-t-elle d'une voix
déchirante, après un moment de silence, Charles
m'aime encore, il m'a toujours aimée, j'étais folle
tout à l'heure... quand il me serrait dans ses bras il
ne pouvait penser à une autre; quand sa voix devenait si tendre en prononçant mon nom, il ne pouvait y avoir pour lui qu'une Gabrielle! C'est impossible, il m'aime toujours.

Épuisée, elle retomba sur son fauteuil, et les ter-

mes de la lettre du chevalier revinrent se présenter
à son esprit et glacer son cœur. Comment douter?
le marquis n'avait-il pas tout avoué, M. de Bagneul
ne la plaignait-il pas sincèrement? Cette exigence
de Charles, bizarre, inexplicable, était bien la preuve
de son malheur! Gabrielle aimait avec toute la confiance, tout l'abandon de la jeunesse; elle souffrit
toutes les angoisses de la femme que le malheur a
longuement éprouvée. Elle était faible, parce qu'elle
se croyait aimée, une incroyable énergie se réveilla
en elle quand elle se sentit privée de tout appui; on
a tant de forces pour souffrir.

Un instant Gabrielle songea à aller se jeter dans
les bras de sa mère, à lui confier son malheur, à lui
demander un conseil; mais elle recula devant la
pensée d'accuser ainsi son mari, de troubler la vie
de sa mère.

— Non, se dit-elle, ce secret déchirant ne sera
connu que de moi. Charles n'était pas digne de
mon amour, moi je veux être digne de l'idole que
je m'étais créée. D'ailleurs, on ne vit pas longtemps
avec une pareille douleur, la mienne me tuera, je
l'espère!

VI

Madame de Landrecy poursuivait son œuvre fatale : une nouvelle lettre du chevalier était venue l'encourager. Elle se rendit auprès de la marquise, que la fièvre avait atteinte. Quand elle la vit résignée et disposée à pardonner, elle s'effraya d'avoir fait déjà tant de mal pour arriver à un dénoûment si imprévu et que le chevalier ne cesserait de lui reprocher; elle sut adroitement la blâmer de sa résignation, et exciter de nouveau sa jalousie. Gabrielle, nous l'avons dit, était surtout passionnée, le poison, qui s'était arrêté à ses lèvres, atteignit bientôt son âme... et lorsque le mot vengeance cessa de lui paraître odieux elle se trouva moins malheureuse, son bonheur perdu la préoccupait déjà moins, son orgueil étouffa son cœur.

Hélas! la lutte ne fut que trop courte : c'était la faiblesse aux prises avec la perversité, c'était une âme partagée entre la douleur et la colère, livrée à une infernale influence, et lorsque Gabrielle essayait de douter encore ou d'excuser le marquis, Valentine, sans pitié, lui ôtait tout espoir et tout désir de pardonner. Gabrielle subissait toutes ces émotions, passant tour à tour de l'attendrissement à la révolte, et du pardon à la vengeance, tandis que Valentine, profitant habilement de ces sensations diverses, n'éprouvait qu'un seul sentiment implacable ; pour la première fois de sa vie elle fut éloquente, elle ne triompha que trop des scrupules de Gabrielle, elle ne sut que trop la convaincre, et lorsque les deux jeunes femmes se séparèrent, la perte de Gabrielle et la vengeance de Valentine étaient assurées.

M. de Surville revint enfin : il se montra plus épris que jamais, et chaque preuve d'amour paraissait à Gabrielle le comble de la lâcheté. Mais par une force surhumaine et que bien peu de femmes auraient eue à son âge, elle sut dissimuler, pas un mot ne lui échappa, une excitation fébrile qui ne l'avait pas quittée depuis le jour de la trahison, la rendait plus animée et soutenait cette énergie empruntée aux moins nobles instincts de sa nature. Le marquis ne devina pas l'orage qui grondait au fond de ce cœur qui semblait calme et pur et qu'il croyait tout à lui. Plus que jamais fier de sa femme, il la conduisait de fête en fête ; Gabrielle s'étourdissait encore au milieu de cette foule bruyante. Dans un pareil tourbillon la plaie de son cœur ne put que

s'envenimer. Et puis madame de Landrecy était là
et sa surveillance n'était pas inutile.

Enfin arriva le jour du bal de la cour, attendu
avec impatience par le chevalier et sa sœur, et avec
une agitation croissante par la marquise. C'était le
jour du dénoûment : le chevalier l'espérait bien,
ce dénoûment allait livrer le marquis au ridicule,
établir la réputation de Gabrielle, et lui donner, à
lui, une de ces joies perfides pour lesquelles il eût
fait mille sacrifices : il n'eut pas le plus léger scru-
pule, le sujet de la comédie était si frivole, qu'il
fallait vraiment du talent pour arriver à un but si
désiré avec un moyen si peu compromettant. Le
chevalier, fier de son inspiration, accabla sa sœur
d'éloges, ils ne s'entendaient que trop bien.

Gabrielle, sous prétexte d'un engagement forcé,
pria le marquis de se rendre de son côté au bal de
la cour, madame de Landrecy lui avait fait demander le matin deux places dans sa voiture, elle n'avait
pu les lui refuser, et une quatrième personne pouvait gêner ces dames, dont la toilette devait être
aussi fraîche que brillante. Le marquis fit un tendre
reproche, mais promit tout ce qu'on voulut. Il pré-
céda la marquise au bal, trouvant un dédommage-
ment dans la perspective de l'effet qu'allait produire
Gabrielle à son entrée, avec une beauté qui ne s'ef-

12

frayait d'aucune rivalité, et une toilette qui certes devait éclipser les plus éclatantes.

Gabrielle avait la fièvre en s'habillant ; lorsqu'elle se fut revêtue de cette robe fatale, lorsqu'elle se vit habillée à la Polonaise, car c'était là toute sa vengeance, une pâleur effrayante couvrit un instant ses traits, ce fut comme un pressentiment. Mais la comtesse était là comme le démon, quelques mots rendirent à Gabrielle ce triste courage qui ne l'avait pas quittée, et lorsque la marquise eut mis son rouge, jamais elle n'avait paru plus belle, ses yeux brillaient d'un éclat inaccoutumé, sa taille, admirablement dessinée par ce costume élégant, n'avait jamais paru plus ravissante, et ce fut la première fois de sa vie que madame de Landrecy put contempler sans envie une beauté qui ne le cédait qu'à la grâce.

Après avoir jeté un dernier regard sur une glace qui la reflétait tout entière, Gabrielle monta dans sa voiture.

M. de Surville, placé en face de la porte d'entrée, se retourna vivement lorsque pour la deuxième fois il entendit son nom retentir, c'était la marquise. Il ne put d'abord apercevoir que le haut de sa coiffure, tant la foule qui les séparait était nombreuse, et surtout tant le nom de cette beauté nouvelle avait excité de curiosité. Chacun se pressait pour voir la

belle marquise de Surville. Gabrielle aussi avait vu,
ou plutôt avait deviné le marquis sans le regarder,
comprimant d'une main tremblante les battements
de son cœur, elle s'avança avec un front calme vers
la deuxième salle, dans laquelle on attendait la
reine.

Lorsque la foule, qui s'écartait pour laisser passer
la marquise et la vicomtesse, lui permit de voir
Gabrielle, le marquis devint affreusement pâle. Il
resta comme pétrifié, une douloureuse surprise contracta ses traits, jamais il n'avait souffert ainsi.
Toutes les tortures que Gabrielle avait subies depuis
quelques jours, il les éprouva en un instant. Pourtant
il voulait douter encore, lorsqu'il se retourna pour
changer de place, pour s'assurer que ses yeux ne
l'avaient pas trompé, il rencontra le regard de
M. de Bagneul, qui feignit de réprimer un sourire à
l'expression duquel on ne pouvait se méprendre.
Ce sourire exaspéra le marquis.

Cette femme, par une infernale coquetterie, venait
de briser l'amour qui l'unissait à elle, Gabrielle venait de détruire tous ses rêves de bonheur, de le
vouer à jamais au ridicule et le ridicule effraie souvent plus qu'un malheur. Il fallait attendre que la
présentation fût faite pour aborder la marquise et
recevoir les félicitations de ses amis sur la beauté de

sa femme, sur son air *angélique* qui frappait tout le monde.

Le chevalier avait averti le duc de Nocé et tous les témoins de la scène qui s'était passée au château. Le marquis put à peine se contenir en écoutant le compliment de condoléance du premier et les félicitations ironiques du second, il était temps qu'il revit la marquise, car la colère toujours croissante qui s'emparait de lui pouvait éclater au milieu du bal, et c'eût été le dernir coup.

Madame de Surville reparut enfin, toujours accompagnée de la vicomtesse. M. de Surville s'avança vers elle, et lui dit d'une voix basse et altérée :

— Madame, voulez-vous me déshonorer, votre promesse n'était-elle pas sacrée?

— Je tiens mes serments comme vous tenez les vôtres, dit Gabrielle d'une voix ferme.

— Rentrez chez vous à l'instant, je vous l'ordonne.

— Rappelez vos esprits, Monsieur le marquis, la reine ne s'est point encore retirée, vous oubliez que sa retraite seule peut être le signal de mon départ.

Et sans paraître remarquer davantage le trouble du marquis et le regard qu'il lui lança, Gabrielle se dirigea d'un autre côté.

Peu d'instants après le départ de la reine, ne pouvant supporter plus longtemps de telles émotions, elle fit appeler ses gens.

Lorsque la voiture entra dans la cour de l'hôtel, le suisse se trouva sur le perron, et dit en s'inclinant respectueusement :

— Monsieur le marquis attend Madame la marquise dans son cabinet.

Un léger tremblement saisit Gabrielle en entendant ces mots, mais le ressentiment l'emporta sur la frayeur, et ne songeant qu'à la trahison de M. de Surville, n'écoutant que les perfides conseils de la vicomtesse, ce fut d'une main assurée qu'elle ouvrit la porte du marquis. Ses joues étaient animées, sa contenance calme, l'orage était dans son cœur.

M. de Surville, lui, était affreusement pâle, debout, appuyé contre la cheminée, il froissait convulsivement ses gants, son mouchoir, et l'impression de la colère et de la douleur se lisait sur son front. Lorsqu'il vit une fois devant lui cette femme qu'il avait aimée si ardemment et qui venait de trahir ses devoirs les plus nobles et les plus sacrés, lorsqu'il la vit si jeune, si belle, et déjà si pervertie, un froid mortel se glissa dans ses veines, il se demanda si le démon n'avait pas pris la forme de l'ange pour mieux le tromper, pour vouer toute sa vie au malheur. Fai-

12.

sant enfin un effort sur lui-même, il dit à la marquise d'une voix basse et saccadée :

— Madame, m'expliquerez-vous une conduite à laquelle je ne puis croire encore, quel cœur avez-vous donc pour venir ainsi briser un cœur qui vous était si dévoué, parlez, que vous avais-je fait?

La jeune femme, si sûre d'elle-même en entrant chez son mari, perdit son énergie factice en écoutant cette voix si douce qu'elle s'attendait à trouver si menaçante. Par un mouvement instinctif, elle ramena sur ses épaules la mante qu'elle avait laissée retomber à demi en entrant, comme pour mieux braver le marquis.

— Vous avez raison, continua M. de Surville avec amertume, de cacher la fatale preuve de cette infernale coquetterie. Savez-vous ce que vous avez fait ce soir, madame? vous avez voué mon nom au ridicule et votre vie au malheur; car j'avais fait un serment osant compter sur votre promesse, et vous, vous venez de perdre à tout jamais un bien que vous ne saviez pas apprécier, l'amour d'un homme d'honneur!

— Monsieur, s'écria Gabrielle pâle, atterrée, ne pouvant méconnaître la puissance qu'aura éternellement la vérité, et pourtant ne pouvant oublier les affreuses accusations du chevalier de Bagneul, Monsieur, pourquoi m'avoir donné l'exemple de la tra-

hison et du mensonge, pourquoi, lorsque j'étais venue
à vous si confiante, m'avoir condamnée aux larmes;
pourquoi vous être abaissé jusqu'à feindre, puisque
vous aviez le triste courage de me tromper.

— Je ne vous comprends pas, Gabrielle, vous parlez de trahison, de mensonge... Qui donc a été confiant? qui donc a été trahi?... Je vais vous l'apprendre aujourd'hui, ce secret que vous n'avez pas su
respecter et que je vous ai caché comme on cache
la blessure de son cœur à l'ami qui pourrait en souffrir.

Il y a quelques mois, je ne vous avais jamais vue,
Gabrielle; je fis un voyage en Angleterre. Un jour,
comme je sortais du théâtre, je fus étonné du mouvement inaccoutumé qui se passait dans l'hôtel;
j'interrogeai mon valet de chambre, et ce fut avec
une douloureuse surprise que j'appris la cause de ce
désordre. A quelques pas de moi, dans l'appartement voisin du mien, se passait un drame sanglant.
Cédant à mon premier mouvement, comme tous ceux
qui m'entouraient, je fus le témoin d'une scène déchirante.

Une jeune femme, plus belle que tout ce que j'a-
vais rêvé jusqu'alors, était étendue mourante sur
un lit qu'entouraient des médecins appelés à la hâte.
Elle se débattait dans d'horribles convulsions. Après

quelques heures d'une cruelle agonie, elle expira victime du poison qu'elle avait pris volontairement. Cette femme, doublement digne de pitié, puisque son malheur n'était dû qu'à ses fautes, avait fui la maison de son mari pour s'échapper avec son amant. Depuis un mois elle était en Angleterre, se croyant à l'abri de toute poursuite; mais son imprudence devait la perdre. Par une de ces fatalités qui nous révèlent le doigt de Dieu, au moment où elle sortait toute parée pour se rendre à un bal masqué, son mari, averti par la perfidie d'une femme de chambre, était venu se présenter à ses yeux, et, sans vouloir attendre le lendemain, à la lueur des torches, avait forcé son rival à se battre avec lui.

» Le mari avait tué le jeune homme, et pour dernière vengeance, il avait voulu qu'on apportât son corps sanglant à l'hôtel où l'attendait l'infortunée dans une douleur muette et effrayante. Cédant à un premier mouvement de désespoir et pour ne pas survivre à celui qu'elle aimait, la jeune femme avait pris du poison que par pressentiment sans doute elle avait emporté avec elle.

» Je n'avais jamais vu mourir, Gabrielle, et ce douloureux spectacle ne s'effacera jamais de ma mémoire. Vous avez sans doute deviné que cette parure de bal n'était autre qu'une robe à la Polonaise! Ce

costume qui frappait mes yeux pour la première
fois d'une manière si douloureuse, ajoutait encore à
l'horreur d'une pareille scène, et lorsque cette mode,
apportée en France par la reine, fut adoptée par les
femmes de la cour, je me promis de ne jamais la
laisser prendre à la femme qui me serait chère.

» Je ne vous cachai le motif d'une prière que vous
auriez dû regarder comme forcée, que pour ne pas
attrister vôtre âme par le récit de pareilles fautes et
de pareilles douleurs, et pour ne pas vous faire partager le tressaillement involontaire que j'éprouve à
la vue de ces parures qui figurent aujourd'hui dans
des fêtes, et que je vis, pour la première fois, sur un
lit de mort !

» Voilà le secret de ma *trahison*, Gabrielle, pour-
rez-vous, sans rougir, m'apprendre celui de votre
révolte. »

Ces derniers mots semblèrent rendre à la marquise l'usage de sa pensée, elle arracha violemment
de son corsage un papier qu'elle y avait caché, et
tombant à genoux devant M. de Surville, sans prononcer un mot, elle lui tendit de ses deux mains ce
papier sur lequel on voyait la trace de ses larmes, et
qui n'était autre qu'une copie de la lettre du chevalier. Fatale lettre dont les impressions ne s'étaient
que trop gravées dans la mémoire de Gabrielle.

A mesure qu'il lisait, les regards du marquis s'en-flammaient.

— Le misérable! s'écria-t-il, c'était donc lui le ser-pent qui avait égaré ton âme, Gabrielle!...

Mais Gabrielle n'entendait plus : vaincue par tant d'émotions, elle était tombée dans un profond éva-nouissement dont elle ne sortit que pour ressentir les atteintes d'une fièvre ardente.

Le marquis veilla toute la nuit près du lit de Ga-brielle, il la quitta le lendemain et alla frapper à la porte du chevalier de Bagneul, accompagné de deux témoins, le duc de Nocé, le chevalier d'Entragues.

Le chevalier fut mortellement blessé : sa mort seule pouvait faire oublier son infamie. La vicom-tesse de Landrecy quitta la France le lendemain de la mort de son frère.

Quant à la marquise, elle fut promptement hors de danger. Les soins, l'amour du marquis la rendi-rent à la vie, mais elle conserva longtemps une pro-fonde mélancolie, ne se pardonnant point une cré-dulité qui avait failli lui coûter son bonheur et surtout une faute qui avait causé la mort d'un homme!

SARA

I

Dans cette magnifique Touraine, si bien nommée
le jardin de la France, le voyageur avide de contempler la richesse de ce fertile pays, s'arrête surtout
devant une délicieuse habitation située à trois lieues
de la ville de Tours. C'est un de ces châteaux mo-
dernes dont le seul aspect repose la vue; le parc qui
l'entoure est plein d'ombrage : une eau dormante
baigne les murs du château d'un côté; enfin, en entendant prononcer le nom du possesseur, M. Delcour, millionnaire, on éprouve un sentiment involontaire, qui ressemble à une déception; car on ne
trouve que trop souvent à côté de tant d'or un

égoïsme cruel ou un orgueil insensé, et en voyant cette demeure si belle, on était tenté de penser que la jeunesse et l'amour devaient en être les seuls hôtes.

M. Delcour pourtant, hâtons-nous de le dire, n'était ni égoïste, ni orgueilleux, quoiqu'une toute autre habitation, plus fastueuse et moins élégante, eût mieux répondu à son immense fortune et même à son goût. Profitant de l'heureuse inspiration d'un de ses amis qu'il avait chargé du choix d'une terre, et en même temps d'un bon marché qui eût doublé le prix du conseil pour tout autre que pour l'acheteur indifférent sur ce sujet, M. Delcour devint possesseur de cette ravissante propriété, appelée Mauriac.

C'était par une belle soirée du mois de juin : une brise légère et parfumée faisait doucement remuer les feuilles, la lune brillait dans tout son éclat, et de son doux reflet éclairait deux têtes charmantes, appuyées l'une contre l'autre.

Ces deux jeunes femmes étaient placées entre un berceau de verdure et le petit étang dont nous avons parlé. Assises sur d'épais coussins, elles restaient silencieuses, absorbées sans doute par ce calme de la nature, qui influe si puissamment sur certaines âmes. Ce souffle embaumé qui venait caresser leurs cheveux, les pâles rayons de la lune, qui laissait

mieux deviner qu'entrevoir la beauté d'un parc en-
chanté, tout cela aurait porté à la rêverie des êtres
d'une nature moins passionnée que ne l'était celle de
ces deux personnes aussi liées par le cœur que par
le sang : elles étaient sœurs.

La plus jeune rompit enfin le silence :

— Sara, dit-elle d'une voix animée, oh! que j'aimerais, par une pareille nuit, me sentir emportée
par Ralph, à travers la forêt! comme mon cœur
battrait en dévorant l'espace! Tu diras que je suis
folle, Sara; mais lorsque je m'abandonne à ce galop
si rapide, il me semble que je ne suis plus sur la
terre et que je me rapproche du ciel; ma pensée
s'arrête; enfin, si je pouvais jamais oublier ma sœur
bien-aimée, je dirais que j'oublie tout alors...

Et la jeune enthousiaste se retourna vivement vers
sa sœur, habituée à trouver en elle comme un écho
de ses sentiments et de ses désirs, mais Sara ne répondit que par un soupir. La jeune fille se pencha
vers elle :

— Mon Dieu, Sara, tu pleures, dit-elle avec émotion, souffres-tu? oh! dis-moi pourquoi tu pleures?

— Je pleure mon père que je ne verrai plus, et
l'enfant que je n'aurai jamais... Ce soir, je n'ai pu
retenir mes larmes; pardon, ma Noëmi, j'ai tort de
t'affliger ainsi.

— Mon père, nous le reverrons auprès de Dieu, Sara! et ton enfant... oh! pourquoi dis-tu qu'il ne viendra jamais? On a vu déjà bien des mères attendre longtemps leurs enfants, et il n'y a que trois ans que tu es mariée : il me semble à moi que c'est hier.

— Le temps passe vite à ton âge!

— Oh! si je ne voyais encore des larmes dans tes yeux, tu me ferais rire, ma bonne sœur, ne dirait-on pas que tu es bien vieille, parce que te voilà majeure depuis un mois, et croyez-vous, madame, qu'à dix-huit ans on n'a pas le jugement aussi formé qu'à votre âge si *respectable*. Je suis fâchée que M. Delcour soit absent, il te distrairait mieux que moi peut-être. Sara poussa un nouveau soupir, mais un soupir contenu qui n'arriva pas à l'oreille de Noëmi. Je suis sûre qu'il te ménage encore une nouvelle surprise, et que s'il est resté à Tours un jour de plus, c'est qu'il attendait un nouveau bijou de Paris; en vérité, M. Delcour est un bon mari et un beau-frère modèle; car, moi aussi, il me comble de cadeaux, je suis toujours tentée de refuser et pourtant j'accepte toujours.

— Oh! oui, M. Delcour est bien bon, dit Sara.

— Mon Dieu, que tu m'affliges avec cette voix si triste, je sais bien ce que tu as, tu t'ennuies.

— Oh! non ! l'ennui est, dit-on, la maladie des gens heureux, reprit Sara ; puis, se reprochant d'avoir laissé échapper ce mot, elle ajouta en attirant sa sœur vers elle : J'ai l'air d'une ingrate, n'est-ce pas, de parler ainsi entre un mari qui m'aime et une sœur qui m'est si chère. Mais tu sais tout ce que je regrette, il faut me pardonner encore.

— Eh bien, c'est à une condition, c'est que tu ne refuseras plus de faire quelques visites, d'attirer ici du monde, de te distraire enfin ; car, si je le sens bien, tu te trompes toi-même, et les distractions te sont nécessaires. Promets-moi que demain nous irons voir madame de Séjourné.

— Je le veux bien, mais tu ne serais pas obligée de me presser ainsi, s'il s'agissait de ma chère Cécile ; recevoir ses amis, c'est un bonheur, mais les indifférents m'effrayent.

— Combien de temps madame de Bluval restera-t-elle en Italie ?

— Dans sa dernière lettre, Cécile me disait qu'elle espérait bien revenir cet hiver à Paris. Ce sera une grande joie pour moi.

— En vérité, ils sont tous nés voyageurs dans cette famille, et Beauséjour aurait grand besoin de revoir ses maîtres ; il y a quelques jours, je suis allée me

promener à cheval jusque-là, ce beau château ressemblait à une prison, tout était fermé comme un
tombeau ! M. Arthur de Beauséjour, par exemple,
qui est comme un oiseau, ne se posant nulle part,
devrait bien venir s'abattre sur Beauséjour, il te
parlerait de ta Cécile et il serait mon chevalier pour
nos parties dans la forêt; mais ses goûts sont peut-
être bien changés, il y a si longtemps que nous l'a-
vons vu que nous ne pourrions peut-être plus le reconnaître.

— Oh ! je le pense aussi, car il y a bien dix ans
que nous ne l'avons vu, je serais très-heureuse aussi
de revoir M. de Beauséjour, cet excellent ami de
mon père.

Sara se tut; de cruels souvenirs l'oppressaient, et
sentant qu'elle manquait à la loi qu'elle s'était im-
posée de cacher ses larmes à Noëmi, elle prétendit
qu'elle était fatiguée et après lui avoir donné un
tendre baiser, l'avoir conduite dans son appartement, elle se retira dans le sien pour y pleurer librement. Elle se jeta à genoux, demanda à Dieu de
lui donner des forces, du courage, et lorsque, quelques moments après, elle vit son image se refléter
dans une glace, elle fut presque heureuse, cherchant
à s'abuser elle-même, de se trouver pâle et changée,
se répétant que sa santé était la cause du vague cha-

grin qui remplissait son cœur et qui se joignait à des regrets déchirants.

Qu'avait donc cette jeune femme qui, selon le monde, avait tout pour être heureuse ? Pourquoi sa santé allait-elle s'affaiblissant de jour en jour ? pourquoi son mari, si empressé pour elle, lui inspirait-il une sorte d'effroi, qu'elle cachait avec des efforts constants qui l'épuisaient ? car lorsque la contrainte préside à toutes les actions de la vie, on éprouve un malaise indéfinissable, on est mécontent de soi-même, on use son courage pour ces mille riens qui sont toute la vie, et la pensée se rétrécit lorsqu'il faut sans cesse étouffer son esprit ou son cœur.

Sara n'avait que cinq ans lorsqu'elle avait perdu sa mère ; inconsolable de la perte d'une femme qu'il adorait, le comte de Sainclair, ce père que Sara regrettait à l'égal de son enfant, s'était juré de ne jamais former d'autres liens ; un noble cœur, un esprit à la fois profond et brillant, rendaient le comte l'un des hommes les plus aimables de son temps, et, comme l'esprit sert à tout, M. de Sainclair sut élever ses filles ainsi que la mère la plus tendre. Sara surtout, qui ressemblait prodigieusement à madame de Sainclair, était l'objet de sa prédilection, aussi ce que Sara éprouvait pour son père était une adoration, un culte. Elle trouvait sa bonté inépuisable et son jugement infaillible, et lorsqu'elle écoutait son père, de douces larmes remplissaient ses yeux ; de ces larmes d'orgueil et de joie, comme les mères en versent si souvent sur la tête de leurs enfants.

La révolution avait enlevé à M. de Sainclair une grande fortune ; malgré tous ses soins, au retour de l'émigration, il n'avait pu recueillir que quelques débris, qui pour tout autre eussent été une honorable aisance, et qui pour lui, habitué à un faste extraordinaire, lui imposèrent une gêne constante. Madame de Sainclair, qu'il avait épousée par amour, ne lui avait apporté que sa grâce et sa beauté ; M. de Sainclair avait donc toujours éprouvé un vif sentiment d'amertume en songeant que ses filles si chères ne jouiraient jamais des bienfaits de la fortune, de la fortune qui semble le premier de tous les biens, lorsque les craintes paternelles et la raison d'un âge mûr viennent remplacer l'imprévoyance et les illusions de la jeunesse.

Sara avait atteint dix-huit ans, quand un jour, de très-bonne heure, elle vit entrer M. de Sainclair dans sa chambre ; depuis quelque temps elle le trouvait triste, inquiet, et ne savait à quel chagrin attribuer l'altération de ses traits et le changement de son humeur. Elle se jeta dans ses bras avec effusion, le fit asseoir dans son meilleur fauteuil, et se plaçant

auprès de lui, lui demanda des nouvelles de sa
santé.

— Hélas! mon enfant, ma santé n'est pas aussi
bonne que je le voudrais, reprit le comte d'une voix
légèrement émue, mes forces s'épuisent; il n'en dit
pas davantage en voyant le visage de Sara changer
d'expression. Rassure-toi, ma fille, ajouta-t-il en
l'embrassant, ma santé comme mon bonheur dé-
pendent de mes enfants, de toi surtout, ma chère
Sara.

— Mon père! s'écria la jeune fille, votre santé
dépend de moi, dites-vous? Oh! s'il en était ainsi, je
serais trop heureuse.

— Écoute-moi bien, Sara, lui dit le comte, tu ne
sais pas tout ce que j'ai souffert, tout ce que je souffre encore à cause de vous, tu ne sais pas toutes les
privations que j'ai subies en tâchant de ne vous en
imposer aucune; tu ne sais pas tout ce qu'il y a de
déception, de vanité dans cette vie; tu ne sais pas
que l'homme riche est le premier de ce monde, et
que dans notre triste siècle l'or passe avant la science,
avant la vertu, avant le bonheur. Tu ne t'étais jamais dit, n'est-ce pas, mon enfant, que si tu n'étais
pas riche, tu ne serais pas heureuse; à ton âge on
croit au bonheur comme on croit à la vertu: Eh
bien, Sara, je dois te le dire aujourd'hui, ma vie a

été empoisonnée par le chagrin de ne plus être riche; ah! ce n'était pas pour moi que je regrettais la fortune de mes pères; c'était pour vous, c'était pour toi, mon enfant.

— Mon père, s'écria Sara, quel bonheur peut être plus grand que celui de vous aimer! De quelles richesses ai-je besoin lorsque vous me serrez dans vos bras; quel avenir pourrait m'effrayer quand j'échangerai mes soins contre vos conseils; mon père, n'êtes-vous pas tout pour moi!

— Sara, dit M. de Sainclair en contenant son émotion, le sort de la femme, c'est le mariage; c'est un mot qui d'ordinaire fait sourire les jeunes filles, ne t'en effraie pas, mon enfant; songe que mon vœu le plus cher est de te voir mariée; oui, Sara, c'est là toute mon ambition, te voir mariée selon mes vœux est l'unique pensée de ma vie.

— Oh! dit naïvement la jeune fille, s'il ne fallait que cela pour vous rendre heureux.

— Eh bien, tu peux me donner ce bonheur; j'ai reçu pour toi une demande en mariage d'un homme puissamment riche; il est bon et honoré, il m'a promis de te rendre heureuse; on l'appelle M. Delcour; ce n'est pas là le nom que j'aurais voulu te donner, ma fille, mais on ne peut pas tout avoir...

— M. Delcour, mon père, je ne le connais pas.

— Il t'a vue au bal plusieurs fois et t'a trouvée charmante; allons, ne rougis pas, n'es-tu pas charmante, ma Sara, n'es-tu pas ma fille adorée.

— Mon bon père !

— Ce n'est pas tout, ma Sara, ne te sentiras-tu pas fière d'assurer à ta sœur un heureux avenir et de délivrer ton père des inquiétudes qui ont tourmenté sa vie.

— Ah ! ma pauvre Noëmi; il me semble que je l'aimerai plus encore lorsque je pourrai lui être utile.

M. de Sainclair fit à Sara quelques recommandations sur la manière dont elle devait accueillir M. Delcour. Sara sembla écouter, mais elle n'entendait que la voix de son cœur qui lui criait qu'elle avait rendu le bonheur à son père et que sa sœur pourrait lui devoir tout le sien; quelle autre pensée pouvait occuper cette âme tendre et naïve qui s'ignorait elle-même et qui était remplie d'une affection aussi profonde que sacrée.

Les jours s'écoulèrent; M. Delcour venait tous les soirs chez M. de Sainclair, et déjà Sara avait reçu de magnifiques présents que Noëmi admirait seule, et qui lui paraissaient importuns; car, par une sorte d'instinct, elle qui ne connaissait rien de la vie, trouvait qu'il faut aimer bien profondément pour tout devoir à celui dont on accepte le nom.

13.

Ce fut sans aucune espèce d'émotion que Sara vit pour la première fois M. Delcour. Il paraissait âgé de trente-six ans, avait des traits réguliers qui manquaient d'expression, un air de bonhomie, des manières polies sans être distinguées; enfin c'était un de ces hommes dont on ne parle que parce qu'ils sont riches.

En écoutant M. Delcour, Sara ne pensait qu'à son père; lorsqu'elle voyait la joie briller dans les yeux du comte, elle trouvait M. Delcour aimable et savait même le lui dire; elle aurait voulu toujours vivre ainsi, et lorsque la pensée d'un changement de position venait vaguement troubler son âme, elle se répétait que pourvu qu'on ne la séparât pas de son père, aucun malheur ne pouvait l'atteindre.

Hélas! cette sécurité ne dura pas longtemps; M. Delcour ayant obtenu du comte de le laisser seul avec Sara, ne sut pas deviner tout ce qu'il y avait d'innocence et de ravissante ignorance dans cette jeune fille. Il lui fit de fades compliments, qui ajoutèrent à l'embarras qu'elle éprouvait déjà, et lorsque, passant à son doigt une bague du plus haut prix il retint sa main dans la sienne et y déposa un baiser, Sara, par un mouvement involontaire, retira vivement sa main; une étrange pâleur couvrit ses traits, et le tremblement qui la saisit effraya tellement

M. Delcour qu'il sonna précipitamment afin qu'on secourût mademoiselle de Sainclair. Cette émotion extraordinaire ne le surprit pas, il ne l'attribua qu'à une timidité excessive.

Retirée seule dans sa chambre, Sara se jeta à genoux, mais elle ne put prier, un effroi invincible s'était emparé d'elle. Avec un sentiment de terreur qui tenait du vertige, elle comprit, l'infortunée, que la sensation qu'elle venait d'éprouver en face de cet homme, c'était une répugnance plus forte que sa volonté et dont pouvait seul triompher l'amour qu'elle portait à son père. Elle comprit en un instant tout ce qu'elle aurait à souffrir un jour; les douleurs de la femme condamnée à ne jamais aimer se révélèrent à elle; mais, par une sublime résignation, elle n'eut point un instant la pensée de reculer devant le sacrifice; elle ne songea même pas à la récompense que Dieu réserve aux martyrs, elle ne songea qu'à son père!

— Ah! s'écria-t-elle avec une émotion déchirante, je saurai lui cacher ma douleur; puisse-t-il ne jamais savoir combien j'ai pu souffrir pour lui!

Avec un courage héroïque, mademoiselle de Sainclair sut en effet cacher à tous les yeux le déchirement de son âme; ce fut sans trembler que devant les hommes elle accepta pour époux M. Delcour.

Elle ne se démentit point un instant, seulement, lorsqu'en la conduisant dans la somptueuse demeure qu'elle allait habiter, son père la serra dans ses bras en lui disant :

— Tu m'as rendu le plus heureux des hommes.

Sara, par un mouvement involontaire, se serra contre son père comme pour lui demander grâce. Ce fut le seul instant de faiblesse; doublement admirable, elle se dévoua sans jamais se plaindre, et dix-huit mois après le mariage de sa fille, M. de Sainclair descendit au tombeau, sans avoir un instant soupçonné ce malheur qu'elle supportait si noblement.

II

Le lendemain de cette triste soirée, les deux sœurs, après le déjeuner, venaient de rentrer dans le salon. Sara se mit au piano, Noëmi prit un dessin commencé, voulant à la fois travailler et écouter. Sara avait une de ces voix vibrantes qui vont au cœur; les chants qu'elle choisissait de préférence étaient toujours si doux et si tristes qu'ils semblaient un écho de ses pensées, et qu'ils eussent révélé une souffrance à l'être le moins attentif. Ce jours-là, surtout, Sara chantait avec tant d'expression, que sa sœur appuyant ses deux mains sur ses yeux, l'écoutait avec recueillement, comme si elle eût entendu la voix d'un ange. Tout à coup, Sara fut interrompue par de bruyants applaudissements ; elle se retourna vivement, et aperçut, sur le seuil de la porte, M. Delcour, accompagné d'un étranger.

— Ma chère Sara, dit-il en s'avançant vers elle, remerciez M. Arthur de Beauséjour, qui a bien voulu se rendre à mes instances en venant chez nous avant de retourner chez lui. Il est arrivé hier à Tours, et sachant combien sa présence vous serait agréable, je l'ai attendu afin qu'il ne fût pas tenté de manquer à sa promesse.

— Ah ! Monsieur, l'ami de mon enfance, le frère de ma chère Cécile, devrait bien savoir tout l'intérêt qu'il inspire ici, s'écria vivement Sara. Monsieur de Beauséjour, reconnaissez-vous Sara ?... parlez-moi de votre sœur... Monsieur Delcour, votre dernière surprise est toujours la plus aimable.

Le jeune homme s'était incliné sur la main de Sara ; il fit un respectueux salut à Noëmi, enchantée de la vivacité inaccoutumée de sa sœur.

— Madame, dit-il avec une légère émotion, je

revenais dans ce pays le cœur plein de doux souvenirs, un pareil accueil m'en laissera de plus doux
encore. Cécile envierait bien mon bonheur.

Et le nom de Cécile, cent fois répété, et les souvenirs
du jeune âge, et les douleurs éprouvées pendant l'absence, firent oublier l'heure. La conversation deve-
nant de plus en plus animée, M. Delcour fut obligé
d'avertir Sara que le voyageur avait besoin de repos.
Personne n'y avait encore songé, lui, surtout, ne
sachant laquelle des deux sœurs il devait le plus
admirer, de cette Sara si mélancolique et si pâle,
dont la voix l'avait si vivement ému ; de cette jeune
Noëmi, dans tout l'éclat de la fraîcheur et de la
beauté ; l'une si tendre et si triste, l'autre si folle.

Pour la première fois depuis longtemps, Sara
s'endormit sans pleurer, une espérance vint se placer dans son cœur entre ses regrets et ses craintes ;
elle éprouva même un transport de joie en unissant
dans sa pensée les noms d'Arthur et de Noëmi.

— Oh ! se dit-elle, ma sœur jouira du moins d'un
bonheur qui m'est refusé, elle sera heureuse, car
elle aimera ; elle ne connaîtra pas le remords, car
elle ne sera pas coupable, et je connais trop Arthur
pour ne pas lui confier avec sécurité ce que j'ai de
plus cher au monde.

Madame Delcour ne parla de son projet ni à son

mari, ni à sa sœur, mais elle attira sans cesse M. de
Beauséjour à Mauriac, et lui, également bien accueilli
par tous les habitants du château, oubliait dans une
vie paisible et douce les aventures et les dangers de
sa vie passée. Il semblait ne vivre que pour les deux
anges de Mauriac, donnant à Noëmi quelques leçons
de dessin, art dans lequel il excellait, ou écoutant
chanter Sara avec une admiration qui tenait de
l'extase, acompagnant les deux sœurs dans leurs
promenades à cheval, heureux et fier de les protéger
seul.

Cette vie si simple semblait suffire à tous : M. Delcourt s'occupait de constructions nouvelles, Noëmi
ne demandait plus qu'on donnât des fêtes au château, Sara semblait oublier ses douleurs ; elle était
moins pâle et moins triste, tandis que Noëmi perdait
chaque jour de sa fraîcheur et de sa gaîté, et lorsque
les deux sœurs se retrouvaient seules, comme autrefois, elles semblaient avoir changé leur caractère et
jusqu'à leurs habitudes ; c'était Sara qui souriait,
c'était Noëmi qui rêvait, et lorsqu'à tout instant Sara
laissait échapper le nom d'Arthur, Noëmi ne le
prononçait jamais.

M. de Beauséjour, en peu de temps, avait donc
bouleversé la vie de ces deux femmes, également
dignes d'être heureuses, et dont la position était

pourtant bien différente : la jeune fille avait devant elle un long avenir de bonheur, elle était libre. La jeune femme n'avait qu'un horizon borné, que de cruels souvenirs, qu'un avenir sans espoir, qu'une vie de déceptions. Sa jeunesse était le premier de ses malheurs, car à l'âge où l'on doit aimer, il fallait vaincre son cœur, et pour se résigner quand on a longtemps à souffrir, quand on a déjà souffert, il faut avoir une force plus rare encore qu'admirable.

Sara revenait donc à la vie : tout occupée de sa sœur, elle remarquait avec joie cette rêverie qui la trahissait, et les soins empressés du comte.

Trois mois se passèrent ainsi sans qu'aucun incident vînt troubler la sérénité de cette vie si calme en apparence et devenue pourtant bien agitée : Arthur aussi était bien changé, ce n'était plus l'impétueux jeune homme qui arrivait à Mauriac, fier de ses succès en tout genre et plein de confiance en son étoile.

Il était timide, il était sombre, et avec un soin constant il évitait de prononcer le nom de Noëmi. Madame Delcourt s'en aperçut enfin, un étrange soupçon traversa son esprit. La tristesse du jeune homme, le tressaillement involontaire qu'il éprouvait au nom de sa sœur, la réserve qu'il mettait à parler de son père, ne devaient-il pas faire craindre

que M. de Beauséjour n'eût déjà engagé sa liberté
sans avoir engagé son cœur, et que l'amour qu'il
inspirait à Noëmi, celui qu'il ressentait lui-même et
qui ne se révélait que trop, ne fissent à la fois le
charme et le tourment de sa vie. Sara pouvait-elle
expliquer autrement cette douloureuse agitation
que, malgré tous ses efforts, parfois il ne pouvait
cacher, ce besoin de vivre au jour le jour, sans jamais parler du lendemain, et cette émotion mêlée
de contrainte, qu'il ressentait lorsqu'après s'être
approché de Noëmi il la quittait tout d'un coup
brusquement, comme si, cédant d'abord à son cœur,
il eût ensuite obéi à une voix plus impérieuse.

Parfois, réunis tous les trois dans le salon de
Mauriac, ils restaient silencieux et tristes, absorbés
par une même pensée, par une muette douleur.
Noëmi, le front penché sur une broderie, travaillait
machinalement, Arthur dessinait sans lever les yeux,
et Sara en les contemplant tous les deux, pouvait
pleurer sans que ses larmes fussent jamais aperçues;
un étrange mystère semblait séparer ces trois cœurs
qui s'étaient si vite entendus. Sara, à la fois craintive
et désireuse de le pénétrer, n'osait interroger le
comte, elle cherchait encore à se faire illusion. Avant
de briser l'avenir de sa sœur, elle voulait lui laisser
quelques jours d'espérance, de cette espérance qui

est la moitié du bonheur, elle attendait, mais non
sans souffrir.

Le père d'Arthur, le marquis de Beauséjour, était
bon, mais sévère, l'honneur du gentilhomme passait
avant l'honneur du père; il eût, sans hésiter, sacrifié
le bonheur de son fils à une simple promesse; enfin,
on retrouvait en lui les vieilles traditions du passé
avec leurs glorieux préjugés, leurs éclatantes faiblesses! Sara n'espérait donc point fléchir le marquis,
qu'elle connaissait trop bien. Chaque jour la lutte
semblait devenir plus difficile dans l'âme d'Arthur.
Sara souffrait de ses douleurs, partageait ses combats, car, tour à tour, décidée à parler ou à attendre,
elle laissait le temps s'écouler et n'apprenait rien du
comte.

Une telle situation ne pouvait durer bien longtemps : ce fut dans la chapelle de Mauriac, devant
une image de la Vierge, que Sara alla chercher des
inspirations et une force qui l'abandonnait pour la
première fois.

III

C'était le soir, Arthur avait quitté Mauriac plus
tôt qu'à l'ordinaire, il était seul dans ce vaste château de Beauséjour. Son petit salon auprès de sa
chambre lui servait de cabinet de travail. C'est là
qu'il veillait souvent bien tard en revenant de Mauriac, c'est là qu'il était abîmé dans une sombre rêverie, quand un bruit inaccoutumé l'en arracha,
tout à coup, la voix de son valet de chambre se faisait entendre distinctement, la porte s'ouvrit, et
Arthur resta stupéfait en voyant entrer chez lui madame Delcour.

Après sa prière à la chapelle, cédant à un premier
mouvement d'abandon, Sara avait confié à son mari
ses espérances et ses déceptions. M. Delcour n'aimait point l'incertitude, il exigea de Sara, qu'à
l'insu de sa sœur, elle vînt à Beauséjour, traitant
d'exagérations les scrupules de délicatesse que Sara
éprouvait à faire une pareille démarche; il ne trouva
rien de mieux pour la rassurer, que de la conduire
lui-même à Beauséjour. Cette étrange visite n'avait

donc rien de compromettant pour madame Delcour, aux yeux de ses gens et de ceux du comte, puisque M. Delcour l'approuvait par sa présence, et tandis que par une sorte de pudeur instinctive, Sara entrait pâle et émue dans la demeure du comte, M. Delcour, laissant sa voiture à la porte du château, s'en revenait tranquillement à pied à Mauriac.

Lorque le comte et Sara se trouvèrent seuls, il y eut un instant de silence ; d'un regard plus rapide que la pensée, Sara avait parcouru ce salon embaumé de fleurs, cette table sur laquelle étaient posées des livres, des statuettes ; à la place qu'Arthur venait de quitter était un dessin inachevé.

— Me pardonnerez-vous de vous surprendre aussi brusquement, dit madame Delcour, avec un léger embarras. Voilà bien longtemps que j'avais besoin de causer avec vous. J'espérais toujours que celui que j'appelle mon frère me confierait le secret de son cœur ; ce secret qu'on n'a pas voulu me dire à Mauriac, je suis venue l'apprendre à Beauséjour.

Arthur tressaillit involontairement, fit asseoir la jeune femme dans le fauteuil le plus éloigné de la table, et se plaça à quelques pas d'elle.

— Ah ! ne me cachez pas vos douleurs, reprit Sara, je les devine, je les partage, je ne m'étais donc pas trompée ; parlez, Arthur, nous serons deux à souffrir, et nous souffrirons moins. Le mal est-il donc sans remède, votre père ne se laissera-t-il pas toucher par le malheur de cette innocente enfant?

— Mon père, interrompit le comte.

— Oui, reprit tristement Sara, votre père si noble et si bon peut briser trois existences, car la mienne est liée à celle de ma sœur.

— Mais je ne vous comprends pas, quelle puissance peut avoir mon père sur le sort de mademoiselle de Sainclair, sur le vôtre, madame, sur mon honneur ne suis-je pas libre?

— Vous êtes libre, mon Dieu, je vous remercie!

Et dans un élan de joie, Sara saisit la main du jeune homme, et la retint un instant dans les siennes. — Mais, s'écria-t-elle, si vous êtes libre, pourquoi Noëmi pleure-t-elle, pourquoi ne lui parlez-vous pas, douteriez-vous de son cœur?

— Madame, s'écria le comte, ah! ne m'interrogez pas de grâce, je dois me taire, je me tairai jusqu'au tombeau.

— Quel langage, quel affreux mystère; seriez vous marié; non, vous êtes libre, dites moi donc un mot d'espoir, un seul mot que je puisse reporter à cette pauvre âme qui souffre, et je vous bénirai; vous vous taisez encore, Arthur, ah! je ne vous croyais pas si cruel. Eh bien, je veux tout sa-

voir, reprit Sara en pleurant, j'en ai le droit; savez-
vous ce qu'est pour moi Noëmi, c'est ma fille, c'est
mon enfant, elle et vous, vous et elle, je vous ai
confondus dans mon cœur; son bonheur et le vôtre
me sont devenus plus chers que la vie. Avant de
vous voir, elle n'avait jamais souffert, ah ! pourquoi
êtes-vous donc venu à Mauriac.

En écoutant cette voix altérée par les larmes,
Arthur avait pâli, il se faisait une affreuse violence,
mais lorsqu'il entendit ce reproche amer s'échapper
des lèvres de Sara, il ne se contint pas plus longtemps, il se mit à genoux devant elle, et s'écria impétueusement.

— Eh bien, apprenez ce secret que je ne vous eusse
jamais révélé, je vous aime Sara ! Oh ! ne m'accusez
pas, ne vous éloignez pas de moi; n'avez-vous pas
vu mes combats, ma douleur, n'aurez-vous pas pitié
de moi ?

Je vous aime, et dussiez-vous m'accabler de votre
colère, de votre mépris, je sens que je vous aimerai
toujours. Que de nuits j'ai passées ici à rêver de vous,
que de larmes brûlantes sont retombées sur mon
cœur. Voyez, s'écria-t-il, en se relevant, partout ici,
votre image ou votre souvenir, Sara, Sara, ne me
maudissez pas... dites que vous me pardonnez.

Sara se leva pâle et égarée, elle voulut fuir et

chancela. Arthur la retint dans ses bras, la serra
malgré lui contre son cœur.

— Grâce! s'écria-t-elle.

Hélas! l'infortunée ne devait échapper à aucune
torture; l'illusion venait de se dissiper, et avec un
douloureux effroi, elle sentit qu'Arthur lui était
plus cher que la vie, plus cher que sa sœur. Elle
sentit qu'un siècle de douleur et de repentir rachète-
rait à peine, aux yeux de Dieu, ce moment de bonheur suprême!

IV

Lorsqu'en arrivant à Mauriac, Sara apprit que
M. Delcour, retiré dans son appartement, ne l'avait
pas attendue; elle respira plus librement. Congé-
diant sa femme de chambre, elle courut se réfugier
dans son oratoire, où elle avait déjà tant prié, tant
pleuré, tant souffert. Elle se jeta à genoux, mais
resta immobile; pour la seconde fois de sa vie, la
prière n'arriva pas jusqu'à ses lèvres, ou plutôt, cette
fois, elle n'essaya pas de prier, succombant sous le
poids de ses émotions.

Il y a des instants dans la vie où notre cœur devient le maître, mais c'est un maître qu'on adore, auquel on ne veut pas trop obéir. Pareil à ce vent du désert qui entraîne tout sur son passage, il étouffe alors la voix du devoir et jusqu'au cri de la conscience, de la conscience qui est le seul secours que Dieu ait accordé à l'homme dans ses fautes, son seul refuge dans sa faiblesse, la seule consolation de celui qui n'a jamais failli.

Sara ne priait pas, elle écoutait son cœur. Ses malheurs, ses sacrifices, ses plus chers souvenirs, tout était effacé par cet instant à la fois si doux et si cruel. Elle entendait sans cesse une voix suppliante qui lui répétait : « Je vous aime, Sara, je vous aimerai toujours. » Fermant les yeux, elle se croyait dans ce lieu si cher où un seul mot lui avait révélé une vie nouvelle ; elle voyait Arthur à ses genoux ; elle se sentait pressée contre son cœur... et elle ne fuyait plus ! Elle resta longtemps ainsi, absorbée par une unique pensée, subjuguée par un ineffable bonheur ! Mais la passion ne devait pas laisser de traces dans une vie si pure, une telle âme ne devait pas connaître les remords. Ne l'avons-nous pas tous ressenti, le parfum d'une fleur, le chant d'un oiseau, la vue d'un objet sans valeur et qui n'avait de prix que pour nous, n'ont-ils pas eu une fois dans notre vie,

un pouvoir magique, une influence mystérieuse sur
notre destinée? Le voyageur, prêt à tomber dans
l'abîme sans fond, n'est-il pas sauvé par une simple
branche; l'âme égarée, prête à se perdre, n'est-elle
pas sauvée aussi par une image révérée, par un souvenir d'enfance, comme si Dieu eût voulu nous montrer une fois de plus notre faiblesse et sa puissance?

Sara, agenouillée depuis longtemps, en levant les
yeux pour la première fois, aperçut, en face d'elle,
suspendue après un de ses tableaux, une petite couronne de marguerites blanches. Elle poussa un faible cri, saisit cette couronne, et, dominée par une
irrésistible émotion, elle la couvrit de pleurs et de
baisers. Très-jeune encore, Sara avait sauvé la vie
de sa sœur en étouffant courageusement les flammes
qui avaient subitement atteint ses cheveux, et qui
entouraient sa tête d'une auréole de feu. Bien des
années s'étaient écoulées depuis ce jour; Sara seule
pouvait l'oublier, mais Noëmi s'en souvenait toujours; tous les ans, à pareille époque, elle apportait
à sa sœur une couronne blanche pareille à celle
qu'elle portait elle-même dans ce jour bienheureux,
où elle avait dû la vie à ce jeune courage.

Ces simples fleurs, en rappelant à Sara un doux
souvenir, venaient la rendre à ses douleurs, mais
aussi à ses devoirs. L'image de Noëmi, un instant

14

oubliée, lui apparut plus chère encore, et elle retomba à genoux; cette fois, la prière fut fervente. Ce fut une de ces prières qui élèvent l'âme au-dessus de la terre en lui donnant ce détachement des biens humains que la religion commande et qu'elle seule peut inspirer. Sara se releva forte et résignée; un seul sentiment remplissait son âme, un seul besoin l'agitait, celui de se dévouer, de se dévouer toujours. Pour certaines âmes il est un bonheur dans la souffrance, et c'est un bonheur si pur, qu'il semble un reflet du ciel, et qu'il est donné à bien peu de le ressentir et même de le comprendre. Sara attendit le jour avec patience; elle était décidée et sûre que son mari approuverait toujours ses projets, lorsque la sonnette de monsieur Delcour se fit entendre, elle se rendit chez lui à la place du valet de chambre.

— Il faut renoncer à ce doux projet que nous avions formé ensemble, dit Sara à monsieur Delcour, M. de Beauséjour n'est pas libre, je compte sur votre bonté, mon ami, pour éloigner de ma pauvre sœur une pensée qui faisait jusqu'ici tout son bonheur, et qui ne pourrait maintenant lui apporter qu'une cruelle douleur; il faut que nous quittions Mauriac, il faut que nous voyagions.

— Pauvre petite! dit monsieur Delcour d'un ton

affectueux, je la plains sincèrement; vous voyez,
ma chère amie, que vous avez bien fait de suivre
mon conseil; vous voyez qu'il était bien utile de
connaître la position d'Arthur. — J'étais sûr qu'il
s'expliquerait avec vous; je ne vous demande pas
son secret, puisqu'il n'a pas jugé à propos de me le
confier, je le saurai bien à mon tour. Vous voulez
voyager, ma chère Sara, eh bien! nous voyagerons.
Où irons-nous?... Peu m'importe, je suis à vos ordres. Je regretterai plus d'une fois la société d'Arthur, je m'y étais vraiment attaché; mais ce que je
regrette surtout, c'est notre imprudence; ce que
vous avez fait hier soir, j'aurais dû le faire il y a six
mois; j'aurais dû interroger ce jeune homme; nous
aurions évité un double malheur. Tâchons de guérir Noëmi, c'est le plus pressé; quant à lui, l'absence le guérira vite, à cet âge-là on ne meurt pas
de ces blessures. Je ne doute pas, comme vous
voyez, de son amour; il n'y avait qu'à le regarder
pour en être sûr. Mais vous paraissez fatiguée, ma
chère amie, reposez-vous et soignez-vous, je vous
prie, comme vous savez si bien soigner les autres.

Avant de prévenir sa sœur, Sara voulut rendre
irrévocable ce projet qui lui paraissait un devoir
et qui lui laissait une espérance. Comme monsieur
Delcour, elle s'était dit que peut-être l'absence

guérirait Arthur, qu'au retour il verrait Noëmi telle qu'elle était, en effet, charmante et digne de toute sa tendresse, qu'alors celui qu'elle devait fuir deviendrait son ami, son frère, et que Noëmi, après avoir longtemps souffert, oublierait ses jours de misères en retrouvant un bonheur inattendu. Pour elle, elle avait laissé au pied de la croix cette extase qui n'avait duré qu'une heure et le repentir qui l'avait suivie. Dans le combat de sa vertu et de son cœur, c'était sa vertu qui avait su vaincre. Ce ne fut cependant pas sans une vive émotion qu'elle résolut d'apprendre au comte une nouvelle qui allait déchirer son âme... Elle lui écrivit ces mots :

« Pardonnez-moi la douleur que je vais vous causer ; ce sera la dernière si Dieu exauce mon ardente prière. Il faut nous séparer, Arthur, il le faut pour vous et pour elle... Vous connaissez toute ma vie ; nous avons pleuré ensemble celui que j'ai tant aimé, celui auprès de qui nous nous retrouverons un jour. Vous savez que j'ai du courage pour supporter ma douleur, je n'en aurais point contre la vôtre, contre celle de ma sœur. Oh! si je n'eusse point été entre vous deux, ma Noëmi serait heureuse aujourd'hui ; vous auriez compris son cœur si noble et si tendre, et le bonheur d'être aimé d'elle vous eût semblé le plus grand bonheur! nous, pauvres femmes, qui avons le droit de manquer de courage, il nous reste la prière. Souvenez-vous que le pouvoir est dans la volonté. Soyez fort comme vous êtes noble, soyez généreux comme vous êtes bon. Répétez-vous que Sara ne peut-être pour vous qu'une sœur, mais une sœur qui souffre de vos peines, qui partage vos maux, qui maudira aussi l'absence. Souvenez-vous que son devoir est de vous fuir, que le vôtre est de lutter; souvenez-vous que vos larmes retombent sur son cœur, et que vous ne devez plus pleurer; souvenez-vous enfin, que vous êtes pour elle l'ami le plus cher, jusqu'au jour où vous voudrez devenir son frère. »

Sara venait de faire partir cette lettre lorsque la porte s'ouvrit brusquement et que M. Delcour entra tout agité :

— Ma chère, s'écria-t-il, ce pauvre Arthur est au plus mal; on est allé chercher un médecin à Tours; c'est une fièvre cérébrale; il est en grand danger.

Sara chancela, une pâleur mortelle se répandit sur ses traits; M. Delcour fut obligé de la soutenir.

— Mon Dieu! continua-t-il, c'est bien heureux que Noëmi ne soit pas là, il faut tout lui cacher; écrivez-lui un petit mot, ma chère amie, dites-lui qu'une affaire m'appelle à Tours, et que je vous ai priée de

14.

m'accompagner ; courons vite à Beauséjour, le temps
presse.

Sara se leva machinalement pour obéir, elle était
pâle comme à l'heure où l'on va mourir. Elle ne
songea pas à accomplir le dernier sacrifice qu'eût
peut-être exigé l'état de son cœur ; il est des âmes si
pures que la pensée du mal ne peut les atteindre :
elle ne songea qu'à la mort qui menaçait un être
adoré.

Elle éprouva mille tortures pendant le trajet de
Mauriac à Beaujour, ses chevaux lancés au galop lui
paraissaient ne la traîner qu'à peine, elle n'entendait
rien des discours que ne lui épargnait pas son mari,
elle n'entendait que les battements de son cœur prêt
à se briser ; lorsqu'elle entra dans la chambre du
comte, dans cette chambre qu'elle avait traversée la
veille avec un sentiment de bonheur irrésistible, des
larmes s'échappèrent de ses yeux ; elle s'approcha de
lit d'Arthur, il ne la reconnut pas ; le valet de chambre, ancien serviteur de famille du comte, fondait
en larmes auprès du lit de son maître, auquel il avait
prodigué tous les soins qu'on pouvait donner en l'absence d'un médecin.

— Madame, s'écria le pauvre homme au désespoir, que Dieu vous bénisse. Monsieur le comte a
bien souffert depuis que vous êtes venue ; s'il pouvait

au moins reconnaître quelqu'un, votre présence lui ferait du bien.

Le médecin arriva enfin; il jugea l'état d'Arthur désespéré, la fièvre qui croissait à tout instant était accompagnée de délire, on n'espérait plus rien, il fallait un miracle pour le sauver. Au bout de quelques heures d'angoisses, la fièvre cependant devint moins forte, la connaissance parut lui revenir, mais la faiblesse était telle qu'il ne pouvait parler. Sara demanda qu'on envoyât chercher le pasteur du village et tandis qu'occupé de ce pieux devoir, M. Delcour s'était éloigné, Sara resta seule auprès du malade.

A cet instant suprême, son cœur déborda; elle se jeta à genoux auprès de ce lit de douleur, saisissant une des mains d'Arthur, dont les yeux étaient fermés, elle l'appuya sur son front brûlant, en s'écriant :

— Sauvez-le, car je ne puis vivre sans lui. Mon Dieu! pardonnez-moi si je l'aime, il ne l'apprendra jamais.

A cet instant, le malade parut sortir d'un rêve; il ouvrit les yeux.

— Sara, murmura-t-il faiblement, parlez encore; oh! parlez encore; c'est vous qui m'aurez sauvé, oui je vivrai si vous m'aimez.

Le curé et le médecin entrèrent au même instant, le dernier resta stupéfait en découvrant le changement qui s'était opéré dans l'état du malade. Le comte put répondre à ses questions, il était sauvé !

L'amour l'avait conduit jusque dans les bras de la mort, l'amour seul pouvait l'en arracher. Aujourd'hui c'est le seul miracle qu'on puisse espérer sur la terre !

V

Ce fut avec tous les ménagements d'une mère, que Sara apprit à Noëmi la maladie d'Arthur et le danger qui l'avait menacé. Lorsqu'elle la vit pâlir et trembler en écoutant le récit de ses souffrances, elle comprit mieux que jamais que Dieu lui avait imposé une double tâche, et qu'elle devait à la fois contenir son cœur et épargner celui de Noëmi, elle sentit que la vie de sa sœur était entre ses mains et que le bonheur de cette enfant et la vertu exigeaient d'elle le même sacrifice. Ce fut encore à la prière qu'elle eut recours, à la prière qui console et qui soutient. Lorsque la religion fut longtemps la vie de notre âme, on peut s'en égarer un instant, mais on revient tou-

jours à ses sublimes voies. Ce n'est pas en vain qu'on
a pratiqué ses leçons, ce n'est pas en vain qu'on a
imité un divin modèle; savoir être heureux à force
de souffrir, prier pour celui qui nous maudit, bénir
la main qui nous frappe, ce ne pouvait être là que
l'enseignement d'un Dieu!

— Oui, pensait Sara, je vous aime, mon Dieu! et
je vous obéirai; bienheureux ceux qui pleurent,
ayez-vous dit, parce qu'ils seront consolés. Mon
Dieu! ce n'est pas sur cette terre que je puis espérer
le bonheur, le bonheur n'est pas fait pour moi, mais
je ne puis y renoncer pour ma sœur, ô mon Dieu!
pour cette enfant si pure que la douleur tuerait, épar-
gnez-la, soutenez-moi.

Des souvenirs à la fois trop doux et trop cruels venaient s'emparer de son cœur, elle ne pouvait ni les
repousser ni les maudire, elle oubliait par fois l'instant où Arthur s'était écrié : je vous *aimerai toujours*,
mais elle n'oubliait jamais ces mots qu'il avait mur-
murés d'une voix mourante : *oui, c'est vous qui m'avez
sauvé, oui je vivrai si vous m'aimez*. Tour à tour
l'amour qu'elle avait inspiré lui apparaissait comme
un remords, celui qu'elle ressentait comme une bénédiction qui avait été le salut d'Arthur; oh! sans
une protection divine, sans cette espérance dont Dieu
a fait une de nos vertus, qu'aurait pu une pauvre

femme livrée à de pareils combats; mais Dieu était
là, Dieu veillait sur elle, il devait l'inspirer.

Arthur était convalescent, il avait lu en frémissant
la lettre que Sara lui avait écrite et que son fidèle
valet de chambre avait gardée plusieurs jours avant
de la lui remettre. Tandis que le bonheur d'être aimé
lui rendait la vie plus chère et qu'une expression de
bonheur indéfinissable se lisait sur son visage, Sara,
en proie à de cruelles agitations, paraissait calme et
triste. Aux regards passionnés d'Arthur, elle ne répondait que par un sourire contraint; pour le triste
recueillement de sa sœur, elle savait trouver un regard touchant, une éloquente parole qui lui rendait
l'espérance.

Enfin Arthur était revenu à Mauriac avant que le
mot de voyage n'eût été de nouveau prononcé.

Depuis la maladie d'Arthur, jamais il ne s'était
trouvé seul avec Sara, ils attendaient tous deux un
moment de liberté avec la même impatience, mais
non avec le même désir. Enfin un soir que Noëmi
souffrante était restée dans sa chambre, M. Delcour
à son tour quitta le salon.

— Ah! s'écria vivement Arthur, j'ai remercié Dieu
d'avoir épargné ma vie, laissez-moi maintenant remercier mon sauveur !

— Arthur, dit Sara d'une voix basse et émue, vous

ne devez remercier que Dieu; moi aussi je l'ai béni de m'avoir conservé un frère (elle appuya sur ce mot).

— Je ne suis pas votre frère! s'écria-t-il avec passion.

— Je ne pouvais vous donner un nom plus cher, reprit Sara avec fermeté, car j'aime Noémi plus que tout au monde et Noémi est ma sœur. — Écoutez-moi, Arthur, car nous allons nous séparer bientôt.

— Que dites-vous? grand Dieu!

— Vous avez lu ma lettre, je le sais; ce que je vous ai écrit, il y a peu de jours, je dois le faire aujourd'hui, rien n'est changé.

— Rien n'est changé, s'écria impétueusement Arthur en se rapprochant d'elle, rien n'est changé, dites-vous; mais votre cœur ne l'est-il donc pas, mon amour ne vous a-t-il pas touché, ces larmes que vous avez répandues sur moi, ces mots qui m'ont rendu la vie? tout cela n'était donc qu'un rêve, ah! par pitié laissez-le durer toujours! Oui, reprit-il avec amertume, j'ai cru depuis m'être trompé, votre visage était calme, vos paroles affectueuses, vos soins constants, et rien ne décelait en vous le bonheur ou le ravage de la passion! — ah! il fallait donc me laisser mourir.

Sara leva les yeux vers le ciel comme pour lui

demander une dernière fois du courage : — Ces
mots, Arthur, sont sortis de la bouche d'une sœur,
croyez-vous qu'elle ne les eût pas prononcés?
Croyez-vous que celui dont la vie se rattache à la vie
de ma sœur, ne compte pas dans mon existence?
Ah! ce n'est pas moi que le désespoir aurait tuée....
A tout autre qu'à vous, Arthur, reprit-elle après un
moment de silence, il est des choses que je ne dirais
pas, des vérités que je voudrais cacher toujours;
mais j'ai confiance en vous. Lisez ces lignes, qu'elles
soient sacrées pour vous comme elles le sont pour
moi. — En achevant ces mots, Sara tendit à Arthur
quelques pages soigneusement enveloppées, et, tandis qu'oppressé par la douleur, il les prenait silen-
cieusement, Sara, faisant un dernier effort de courage, sortit du salon à pas lents. Il était temps, car
lorsqu'elle arriva dans sa chambre, ses forces l'a-
bandonnèrent et elle tomba évanouie.

Tandis que les soins empressés de ses femmes
rappelaient Sara à la vie, Arthur, frappé au cœur,
revenait à Beauséjour.

Arrivé chez lui, il s'empressa d'ouvrir les papiers
que lui avait remis Sara; il lut d'abord ces mots
tracés par elle:

« Il n'y a que mon estime qui puisse égaler l'ami-

tié que vous m'inspirez ; ma confiance vous le prou-
vera, Arthur. Si, en apprenant ces sentiments
échappés à une âme si pure et si noble, vous n'êtes
pas profondément touché, je me serai étrangement
trompée, alors je quitterai Mauriac; j'emmènerai
loin d'ici cette enfant dont le bonheur est l'unique
but de ma vie; et, s'il est vrai, comme on le dit,
qu'on guérisse comme on se console, que le cœur ne
soit pas fait pour pleurer ou pour aimer toujours,
alors nous ne nous reverrons que lorsque l'absence
aura calmé la blessure de son cœur. Mais pourriez-
vous être insensible à tant de candeur, à tant d'innocence, à tant de bonté, et tandis que votre amour
afflige celle qui ne peut vous aimer, serait-il refusé
à celle qui le mérite si bien.

» Adieu, le bonheur de Noëmi, le repos de Sara
sont entre vos mains; puisse Dieu vous inspirer,
puisse l'ange de Mauriac devenir aussi l'ange de
Beauséjour.

» *P. S.* Vous vous demanderez, peut-être, comment j'ai en mon pouvoir ces pages qui semblent
écrites à mon insu. Ce matin, la fidèle Nancy, cette
femme qui a été la nourrice de Noëmi, et qui depuis,
ne l'a jamais quittée, est entrée dans ma chambre.
— Madame, m'a-t-elle dit en pleurant, je ne sais ce

qu'a mademoiselle; elle m'inquiète depuis quelque temps; j'ai remarqué qu'elle pleurait chaque fois qu'elle écrivait; j'ai pensé qu'en vous apportant ces maudits papiers, vous verriez peut-être d'où vient le mal, et j'ai pris la clef de la table où mademoiselle met ses écritures; elle la croit perdue; voyez, madame, si vous pouvez quelque chose pour notre chère enfant, voyez si en l'empêchant d'écrire vous pourrez l'empêcher de pleurer. »

Arthur passa une main sur son front brûlant, et cédant à une inquiète curiosité, il lut les pages suivantes, où Noëmi avait versé, jour par jour, et quelquefois heure par heure, les secrets, les désirs de son cœur.

Sara avait retranché un assez grand nombre de feuillets de ce journal. Voici ceux qu'elle avait envoyés, dont la date était postérieure à l'arrivée d'Arthur à Beauséjour.

17 octobre.

« Je suis à la fois bien heureuse et bien agitée, rassurée par ma conscience, voilà la première fois que je me cache de ma sœur, voilà la première fois que je fais un mensonge; mais je sais bien que Dieu

me pardonnera celui-là. Sara ne m'aurait pas permis
de disposer de cette bague qui venait de ma mère;
mais Sara n'avait pas vu les larmes de cette pauvre
femme, Sara aurait voulu venir à son secours, et moi
j'aurais été privée de soulager une grande misère et
d'éprouver un grand bonheur. J'ai donc dit que j'a-
vais perdu ma bague, mais je ne l'ai pas dit sans
rougir. — Ah! comment peut-on mentir pour s'excuser, comment peut on tromper ceux qui ont confiance en vous, puisqu'il coûte tant de tromper pour
une bonne œuvre, de mentir par charité. »

20 octobre.

« Nous allons retourner à Paris, nous allons quitter Mauriac. Je ne puis m'habituer à cette pensée;
ne vit-on pas doublement à la campagne? la santé
n'y est-elle pas meilleure? l'âme ne s'y reporte-t-elle
pas plus souvent vers Dieu? le cœur n'y est-il pas
plus à l'aise. — Ah! je n'aime pas Paris; d'ailleurs,
il me semble que Sara y est plus triste encore. Les
indifférents me font peur pour elle; quand on ne
cherche pas à briller, quand on ne tient qu'à être aimée, il ne faut pas vivre dans le monde, car le
monde, je le sais déjà, peut causer bien des blessures, mais il n'en guérit jamais. »

15 novembre.

« Ma sœur se cache de moi pour pleurer, je me
cacherai d'elle pour en souffrir ; mon chagrin aug-
menterait le sien. — Je savais bien qu'elle regretterait
Mauriac : c'est trop beau ici, j'aime mieux les fleurs
que les parures, j'aime mieux le chant des oiseaux
que le bruit des concerts ; j'aime mieux la bénédiction du pauvre que les compliments flatteurs ;
j'aime mieux la danse naïve des villageois de Mauriac, que la grâce étudiée qu'on trouve dans ces
bals de Paris. Enfin ici je suis étourdie, et je ne pense
pas ; il y a trop de monde dans les églises, il y a
trop de monde partout ; comme on prie bien mieux
à Mauriac, dans cette petite église si sombre ; quand
donc serons-nous à Mauriac ! »

24 janvier.

« Nous sommes allés au bal hier ; je m'y serais
cependant amusée si ma pauvre Sara ne m'avait
paru plus triste encore qu'à l'ordinaire. — Je ne l'ai
vue sourire que lorsqu'on lui a dit que j'étais jolie.
— Je ne l'ai vue s'animer que pendant que je dan-
sais. — Ah ! que les égoïstes sont à plaindre ! — Je
suis donc jolie... J'ai trouvé cependant toutes les
autres femmes mieux que moi, et si ma sœur ne

m'aimait pas comme je suis, j'aurais bien envie de
me changer. »

13 janvier.

« Mon beau-frère est bien bon; il est soigneux,
attentif, et cependant plus je le regarde, moins je
voudrais un mari comme lui. — Je ne l'aimerais
pas assez, et je ne connais d'autre bonheur que celui
d'aimer. Aimer, aimer, n'est-ce pas là toute la vie.
Ne sommes-nous pas meilleurs quand nous aimons.
Le dévoûment n'est-il pas comme la vertu, un bonheur qui a sa récompense en lui-même, comme si
le bonheur avait besoin de récompense. »

15 avril.

« Je voudrais ne plus jamais quitter Mauriac;
Sara y pleure moins souvent, pourtant elle y pleure
encore; je sais donc maintenant le secret des larmes
de ma sœur; elle voudrait être mère; — et je ne
puis rien pour la rendre heureuse; le sacrifice de
ma vie ne sècherait pas ses larmes. Que nous
sommes faibles et impuissants; on le sent surtout
quand on aime. »

1er mai.

« Voilà donc une joie pour ma sœur; j'en remer-

cie Dieu! M. Arthur de Beauséjour a ramené le sourire sur les lèvres de Sara; il lui a parlé de sa Cécile; mon Dieu! comme j'en serais jalouse si je me
laissais aller à ce triste sentiment. C'est bien naturel cependant d'être jaloux de ceux qu'on aime!
Dieu ne l'a jamais défendu. Il me semble que, dans
notre langue si riche, il manque un mot pour exprimer ce sentiment que le mot jalousie profane, et
qui n'est qu'un besoin impérieux de recevoir autant
que nous donnons, de captiver la pensée de ceux qui
nous absorbent tout entière. J'ai souvent entendu
dire qu'on était jaloux par amour-propre, et je ne
l'ai pas cru; je ne plains pas ceux qui souffrent de
cette manière. — Mais confondre la douleur avec la
révolte, le cœur qui souffre avec l'esprit qui s'irrite,
ce serait injuste et cruel. »

6 mai.

« Pourquoi M. de Béauséjour n'est-il pas notre
frère; il me semble que Sara en serait plus heureuse; il saurait mieux que moi la distraire; je l'aime
déjà beaucoup, je le trouve très-beau, et je lui sais
gré de ne pas être fat. Mais je l'aime surtout parce
qu'il a bon cœur; ce matin, en revenant de la messe,
lorsque cette pauvre petite fille est passée auprès de

nous, il a fait semblant de laisser tomber son mouchoir à ses pieds; en se relevant, il lui a glissé une petite pièce dans la main; il n'y a que moi qui ai vu ce mouvement, mais le cœur m'a battu. Je ne croyais pas les hommes si délicatement généreux; j'aurais maintenant voulu être cette pauvre petite fille pour pouvoir le remercier. »

10 mai.

« Mon Dieu, comme c'est bon de vivre! Je n'ai jamais tant aimé Mauriac. C'est sans doute parce que ma chère Sara paraît moins chagrine... j'ai tant besoin de son bonheur! Hier au soir, pendant que Ralph m'emportait au galop, je me sentais si heureuse que je ne comprenais pas que l'on pût habiter autre part qu'à la campagne. — On a la liberté, le soleil, les fleurs; il me semble, enfin, qu'on y aime bien davantage! »

15 mai.

« Si j'ai un fils, il s'appellera Arthur; ce nom est charmant; comme il va bien à M. de Beauséjour! Quelquefois je parle de lui pour avoir le plaisir de prononcer ce nom. — Il m'a promis de me donner des leçons de dessin, et je suis sûre que je réussirai

bientôt, tant je désire faire moi-même le portrait de
ma chère Sara. Si je savais chanter aussi, je ne chan-
terais que pour elle. Je ne comprends pas les coquettes qui ont besoin de plaire à tous. Si Dieu nous
a donné un cœur pour aimer tous les malheureux,
il ne nous a donné, sans doute, les dons de l'esprit et
de la beauté que pour les garder à un seul. »

15 juin.

« Je ne sais ce que j'ai ; je ne regarde plus mes
fleurs, je n'écoute plus mes oiseaux ; je souffre, et
je sens pourtant que l'on me tuerait si l'on voulait
m'empêcher de souffrir. Je ne peux plus manger,
je ne peux plus dormir, et je ne suis pas malade ;
c'est bien étrange ! — Tandis que ma santé s'altère
visiblement, celle de ma pauvre sœur se remet. Que
j'en suis heureuse ! Il est donc vrai que la santé agit
sur le caractère ; c'est sans doute pour cela qu'on
l'appelle le premier des biens ; il est donc vrai que
notre humeur et nos caprices ne sont que trop souvent causés par nos maux physiques ; il est donc vrai
que notre corps gouverne parfois notre âme, tandis
que l'âme seule devrait régner en souveraine ; oh !
j'en rougis. — Voilà cependant pourquoi ma Sara
est si gaie, sa gaîté est revenue avec ses couleurs,

voilà pourquoi, sans doute, je me sens si troublée,
pourquoi j'ai besoin si souvent de me retrouver seule,
voilà pourquoi je n'éprouve plus, comme autrefois,
le besoin de causer avec ma sœur. »

25 juin.

« Mon Dieu ! mon Dieu ! je l'aime ! oh ! qui ne l'ai-
merait pas. Ces agitations, ces insomnies, cette vague tristesse, ce bonheur fugitif, tout était donc de
l'amour, ce sentiment si fort, si doux !

» Je ne puis vivre sans lui, mais je n'ai pas besoin
qu'il me parle, je n'ai pas besoin de le regarder, je
n'ai besoin que de le sentir auprès de moi, je l'entends sans l'écouter, je le devine sans le voir, je le
réclame dans mes rêves comme dans mon cœur. Mon
Dieu ! comment ai-je pu vivre si longtemps sans
l'aimer ! comment mon cœur pouvait-il battre quand
il ne battait pas pour lui ! Ah ! je n'ai pas besoin qu'il
m'aime, j'ai assez de bonheur... je ne saurais en supporter davantage. »

28 juin.

« Pourquoi ne suis-je rien pour lui, pourquoi ne
suis-je pas de sa famille ? J'envie sa sœur, ses amis,

15.

ceux qui l'aiment et qui ont le droit de le lui dire. Si
je pouvais, au moins, lui parler de mon dévoûment,
si je pouvais lui être utile... si je pouvais seulement
lui serrer la main; ah ! cela me ferait à la fois trop
de bien et trop de mal ! »

6 juillet.

« Insensée que j'étais, quand je ne souhaitais pas
son amour; son amour, mais c'est le rêve de ma vie,
et il ne m'aime pas, et il ne m'aimera jamais. Ah !
s'il savait combien je souffre et combien je l'aime, il
aurait, du moins, pitié de moi, et sa pitié, ce sentiment qu'on rougit d'inspirer, sa pitié serait déjà du
bonheur.

» Quelle pensée peut être plus cruelle que celle de
rester indifférente pour celui qu'on aime, pour celui
dont le nom seul nous fait pleurer et dont la voix nous
révèle une vie inconnue.

» Mon Dieu, ayez pitié de moi ; faites qu'il puisse
m'aimer un jour; s'il m'aimait ! s'il m'aimait je sens
que j'en mourrais de bonheur. »

20 août.

« Hélas! je ne suis pas la seule à plaindre, lui
aussi, il souffre, je le vois bien, on est si clairvoyante

quand on aime. Ma sœur s'en aperçoit aussi. Hier elle lui a dit : Vous êtes triste, qu'avez-vous, Arthur? (Elle l'appelle Arthur). Triste, a-t-il repris en s'efforçant de sourire, vous vous trompez, madame, je n'ai aucun chagrin. Et, pour détourner l'attention de Sara, il a paru ne s'occuper que de moi; il m'a parlé d'une voix si douce que mes yeux se sont remplis de larmes. Mon Dieu! quand sa voix a tant de puissance sur mon cœur, quand d'un mot il pourrait guérir ma blessure, par quelle fatalité suis-je impuissante à le consoler. Hélas! je n'ai pour moi que mon amour. »

18 septembre.

« Si je mourais demain, il me donnerait une prière sans me donner une larme. Mon nom n'aurait pas de place dans son souvenir, et je n'aurais passé sur la terre que comme ces pauvres fleurs qu'un rayon de soleil a fait vivre et qu'un autre soleil a détruites. Mais il me semble que ma vie est un long jour qui ne doit pas finir. Qu'est-ce donc que la vie sans l'espérance? qu'est-ce que la prière sans la foi? un affreux malheur, une amère folie. Ah! la mort ne m'effraie pas, puisque je ne puis rien pour son bonheur! »

26 octobre.

« Grand Dieu ! sa vie a été en danger et j'existe encore ; il souffre et je suis loin de lui ; il souffre et il n'a pas besoin de moi ! Mon Dieu ! si c'est une faute de trop aimer, ma douleur n'expiera-t-elle pas mon offense ! Ma sœur ne devine pas mes souffrances, puisse-t-elle ne jamais les connaître.

» Ah ! je donnerais la moitié de ma vie, ma vie tout entière pour pouvoir lui donner mes soins ; je saurai lui cacher mes pleurs. »

Le journal finissait là.

VI

Ce que Sara avait écrit sans le croire, La Bruyère l'avait écrit en le pensant ; et il connaissait bien le cœur humain.

« On guérit comme on se console ! »

Rêves du cœur, illusions de la jeunesse, pourquoi ne durez-vous pas toujours ? Lorsque le bonheur commence, il semble éternel; quand l'amour naît, on ne croit plus à l'inconstance, et si la vérité voulait se faire entendre, on l'appellerait un blasphème!...

Ce fut avec une profonde émotion qu'Arthur lut ces pages échappées à la douleur et à l'amour; et, le croirait-on, l'image de la jeune fille lui fit un instant oublier jusqu'à ses désirs passés, jusqu'à son fugitif bonheur, jusqu'à ses douleurs présentes! Un instant il accusa d'ingratitude celle qui l'accusait de ne pas l'aimer, un instant il se dit que son cœur devait appartenir à celle qui lui avait donné tout le sien. Et lorsque, s'arrêtant à ces douloureuses paroles: « Qu'est-ce que la vie sans l'espérance; un affreux malheur, une amère folie, » il songea que ce malheur et que cette folie étaient l'avenir de son cœur; il se prit de pitié pour lui-même. Cette Sara si chère lui apparut comme une ombre triste et austère, dont la vertu lui faisait peur, dont le cœur lui semblait glacé. Noëmi répondait seule à son amour, Noëmi comprenait son âme; Sara était l'image des regrets, Noëmi... celle de l'espérance!

Et tandis que Sara priait sans oublier, Arthur oubliait sans remords. Ah! si le cœur est ainsi fait, n'écoutons point notre cœur; si nous devons briser si vite ce que nous avons adoré si longtemps, ah! n'adorons jamais que Dieu! car lui seul ne trompe pas, car lui seul donne un éternel bonheur en échange de l'amour!

Arthur n'aimait point encore Noëmi, mais déjà il aimait moins Sara; et quand l'amour n'augmente pas, il diminue. Le lendemain, il renvoya à Mauriac le journal de Noëmi, sans adresser un seul mot à Sara. Il fut trois jours sans retourner à Mauriac; et, pendant ce temps, ses souvenirs se partageaient entre la femme qu'il avait un instant serrée sur son cœur, et la jeune fille qui n'avait reçu de lui que de froides paroles de politesse en échange de ses sentiments les plus tendres. Assis à sa table, à côté des traits de Sara qu'il dessinait par habitude, venait se poser le gracieux fantôme de Noëmi. C'étaient ces yeux rêveurs et tendres, une taille souple et flexible qu'aucune main n'avait pressée, et ce qu'il ne pouvait retracer lui paraissait plus adorable encore. C'était un cœur rempli de lui!

Ce fut avec un sentiment indicible qu'Arthur revint enfin à Mauriac. Lorsqu'il entra dans le salon, Sara et Noëmi y étaient seules. Comme la première fois qu'il y était entré, il baisa la main de Sara, ce qu'il ne s'était pas permis depuis longtemps, et il fit à Noëmi un simple salut; mais il y avait tant d'expression dans ses yeux, que Noëmi en rougit de plaisir et que Sara même en fut troublée. Elle sentit

que le sacrifice était consommé, que le cœur d'Arthur
lui échappait déjà : il n'y a que Dieu qui pût savoir
si l'émotion passagère qui se peignit alors sur ses
traits fut une émotion de douleur involontaire ou
de générosité céleste! Sous un ingénieux prétexte,
Sara sortit du salon : était-ce pour échapper à un
regret, ou pour obéir à une de ces impulsions déli-
cates qui sont une inspiration ou un pressentiment?
Je ne sais; mais en quittant Arthur et Noëmi, elle se
souvint de ces paroles de l'Écriture : « *Veillez et
priez.* »

Hélas! l'homme ne fut point créé pour le repos;
partout où Dieu a mis la pensée ou l'instinct, il faut
la lutte. Le lion du désert combat pour défendre sa
tanière et sa compagne, l'homme se défend contre
lui-même, et sa tâche est assez lourde : il doit
triompher de ses passions et de son cœur.

Lorsque Sara eut quitté le salon, le cœur de Noëmi
battit avec violence, Arthur respira plus librement.
Il savait bien qu'il ne faut jamais parler à une femme
de l'amour qu'on a pour une autre, fût-elle désinté-
ressée, fût-elle généreuse, fût-elle vieille; mais dans
sa position surtout, entre Sara et Noëmi, ce n'était
qu'à travers un remords que ses regards et que ses
pensées se reportaient sur la jeune fille.

— Mademoiselle, lui dit-il après un instant de

silence, ce jour sera triste pour moi, car c'est le jour des adieux! je vais partir. Puis-je espérer que pendant l'absence, vous voudrez bien me garder un souvenir? j'y ai quelques droits, si l'admiration la plus profonde et le respect le plus tendre en donnèrent jamais.

— Vous allez partir? murmura Noëmi d'une voix altérée, ma sœur ne me l'avait pas dit.

— Vous en êtes la première informée, mademoiselle; cette résolution est toute nouvelle et pourrait n'être pas irrévocable.

Et tandis que Noëmi, pour cacher ses larmes, inclinait doucement sa tête, Arthur se rappelait ces mots écrits par elle : « S'il m'aimait, je sens que j'en mourrais de bonheur! » Il reprit d'une voix basse et émue :

— Oui, je ne partirais pas si l'on voulait me retenir; oui, ce jour pourrait être bien heureux si l'on voulait m'exaucer.

— Que dites-vous? s'écria Noëmi.

— Ah! reprit Arthur, ne le devinez-vous pas?... Ce que je demande, c'est du bonheur... ce que je demande, c'est que vous consentiez à devenir la sœur de ma Cécile!

Noëmi jeta un cri étouffé. L'étonnement et le bon-

heur se confondaient dans son âme. Elle ne répondit
que par ses larmes.

Lorsque M. Delcour, apprenant par Sara qu'Arthur avait demandé la main de Noëmi, voulut l'interroger sur un changement si inattendu, elle put
lui répondre sans rougir :

— Dieu a permis que M. de Beauséjour devînt
libre, Dieu m'a accordé le bonheur de Noëmi; j'avais
tant prié pour eux deux!

Deux mois après, on célébrait dans la chapelle de
Mauriac le mariage d'Arthur et de Noëmi; et lorsque,
revenant de l'autel, la jeune fille se jeta dans les
bras de sa sœur, en lui disant : « Je commence à
croire que je ne mourrai pas de bonheur, » Sara lui
dit entre un soupir et une larme : « Mon enfant, il
ne faut jamais s'effrayer du bonheur, puisque la
douleur ne tue pas!

FIN

TABLE

POISSY. — Typographie S. LEJAY et Cie.